Teufelchen *in der* Brust

von Miriam und Carsten Köthe

Köthe Verlag

Köthe Verlag
Verlegerin: Miriam Köthe
Postfach 58 43
24065 Kiel

www.koethe-verlag.de
E-Mail: info@koethe-verlag.de

Autoren: Miriam Köthe, Carsten Köthe

Originaltitel: Teufelchen in der Brust

1. Auflage
ISBN 978-3-9813934-0-8

Fotos: Frauke Antholz, ROCKmedia, Kiel
Konzeption, Gestaltung, Satz: MediaTailor, Hamburg
Beratung, Titelgestaltung und Konzept: ROCKmedia, Kiel
Druck: Frank- Druck, Preetz / Grafik+Druck, Kiel
Bindung: ABC Industriebuchbinderei, Neumünster

Alle Tipps und Geschichten basieren auf persönlichen Erfahrungen der Autorin. Sie spiegeln damit ausschließlich ihre Meinung wieder. Weder der Verlag noch die Autorin sind bei Befolgung für Personen-, Sach- und Vermögensschäden haftbar zu machen. Die Umsetzung jeglichen Buchinhalts erfolgt auf eigenes Risiko.

Für Beate, Christa und Dick

Jeder Mensch hat sein eigenes Schicksal: meines war der Brustkrebs. Ich werde ihn nie vergessen und möchte es auch gar nicht. Ich erinnere mich jeden Tag an ihn und dadurch erinnere ich mich daran, wie schnell das Leben vorbei sein kann. Deswegen muss man es sich auf seine Art und Weise schön machen und alles mit einer gewissen Portion Humor betrachten. Das mache ich jeden Tag. Dieses ist meine Geschichte:

Mein Name ist Miriam, ich bin 38 Jahre alt und ich ha..., also, ich HATTE Krebs. Gott, klingt das gut, aber ich muss mich erst noch dran gewöhnen. Ich hab's ja schließlich weit über ein halbes Jahr lang anders sagen müssen: Ich HABE Krebs. Na ja, egal wie man es erzählt – die Reaktion des Gegenübers ist eigentlich immer die gleiche: Stirn in Falten legen, ernstes Gesicht und der „Mensch-ist-das-traurig-Blick". Völlig verständlich. So war ich auch, bevor ich die Krankheit bekam. Heute sehe ich das anders – denn ich weiß, dass alles gar nicht so schlimm ist. Wirklich! Klingt völlig irre, ich weiß.

Dieses ist aber nicht nur meine, sondern auch Carstens Geschichte. Carsten ist mein Ehemann. Darf ich vorstellen: Carsten Köthe. Ach, den kennen Sie? Kann sein. Er ist Morgenmoderator bei Radio Schleswig-Holstein (R.SH) – und im Zweifel stehen Sie allmorgendlich mit ihm auf. Fakt ist: Obwohl er sich bester Gesundheit erfreut, war er mit mir krank. Er musste die Krankheit schließlich mit mir gemeinsam bekämpfen. Das hat er prima hinbekommen. Ich bin auf ihn mindestens genauso stolz wie auf mich. Es war für ihn mit Sicherheit nicht immer leicht. Eigentlich ist Carsten der „Spaßmacher", der immer Fröhliche, der bedingungslose Optimist in unserer Partnerschaft – im Gegensatz zu mir. Doch nach der Diagnose tauschten wir die Rollen. Während ich versuchte, vieles mit Humor zu bewältigen, war Carsten der Spaß vergangen. Er musste mich oft bremsen oder sogar maßregeln.

Anfangs habe ich diese Krebsgeschichte für mich aufgeschrieben. Als Gedächtnisstütze und als Erinnerung an ein trotzdem schönes Jahr 2008. Und ich habe sie aufgeschrieben, um anderen Brustkrebserkrankten die Angst zu nehmen. Angst vor der Chemo, den OPs, den Medikamenten, den Ärzten und den eigenen Gedanken.

Als dieses Buch fertig war, monierte Carsten „Also, das habe ich anders empfunden.", „An dem Tag konnte ich dir auch gar nichts recht machen." oder „Kannst du dich an diese Situation noch erinnern?". Die Sichtweise und Empfindungen des Partners sind häufig anders. Kurzum, es fehlte etwas: Carstens Blickwinkel. Deswegen habe ich ihn gebeten, meine Geschichten mit seinen Erinnerungen und Empfindungen zu ergänzen. Alle kursiv geschriebenen Abschnitte stammen aus seiner Feder. Somit wurde aus „meinem Buch" „unser Buch".

Zwei Anmerkungen noch: Meine Krebsgeschichte ist nicht traurig, nur dass Sie sich nicht wundern. Erwarten Sie keine wehleidige „Schlimm-wenn-die-Haare-ausfallen-mir-ist-so-übel-von-der-Chemo-Geschichte", denn so habe ich es einfach nicht erlebt! Natürlich ging es mir auch mal schlecht. An diese Momente hat aber eher Carsten Erinnerungen.
Nichtsdestotrotz sollte sich jeder Kranke gut überlegen, ob er weiterlesen möchte. Es gibt sicherlich das eine oder andere

„schlimme" Detail. Wobei sicherlich jeder unterschiedliche Dinge als „schlimm" empfindet. Man erfährt zudem, wie meine Behandlung im Allgemeinen vonstattengegangen ist. Wollen Sie das jetzt, also zu diesem Zeitpunkt, wirklich alles wissen? ICH wollte damals nichts wissen und einfach alles auf mich zukommen lassen. ICH hätte jetzt aufgehört, weiterzulesen. Erst als ich gesund war, fing ich an, mich näher mit meiner Ex-Krankheit (klingt das gut!) zu beschäftigen. Ich lese heute nicht nur Bücher von Betroffenen, nein, ich „verschlinge" sie.
Entscheiden Sie jetzt und hier:
STOPP oder WEITER?

Buch erst mal weglegen oder weiterlesen?

Vorletzte Möglichkeit ...

Eine Alternative hätte ich noch: Machen Sie das, was ein absolutes „No-go" bei Krimis ist: Blättern Sie bis zu den letzten Seiten vor. Dort finden Sie meine hoffentlich hilfreichen Tipps für vor, während und nach der Krankheit. Sie wissen ja, dass meine Geschichte ein Happy End hat.

Letzte Möglichkeit ...

Sie haben sich zum Weiterlesen entschieden? Sie wollen alles wissen? Dann mal los!
Begonnen hat alles im Dezember 2007.

Es gab für mich im Jugendalter nichts Schöneres, als die Klamotten, die ich von Mama und Papa zu Weihnachten bekommen habe (ja, ich hatte sie selbstverständlich vorher ausgesucht), noch Heiligabend auszuführen. Ich liebe das noch heute. Nur dass meine Eltern mir heute Geld schenken und ich sie mir gleich selbst besorge. Hier in Kiel (für alle, die nicht wissen, wo das liegt: in Schleswig-Holstein, zwischen Nord- und Ostsee, auf der Karte direkt unter Dänemark) gibt's immer noch jedes Jahr eine coole Weihnachtsparty – und zwar am ersten Feiertag im „Lilalü“. Das „Lilalü“ gibt's eigentlich schon seit Jahrzehnten nicht mehr. Es macht nur einmal im Jahr zu dieser Party auf. Das Gute daran: Es ist eine Art Ehemaligentreffen, somit eine Art Oldieparty (unter Jugendlichen auch gern „Gammelfleischparty“ genannt). Man trifft die Leute von damals aus dem Tanzkurs, der Schule, dem Billardcafé. Es laufen die Dance-Kracher der 80er und 90er. Wo hört man schon noch mal „Funky cold Medina“, „Carwash“ und „Lady Marmelade“ im Original – und das auch noch alles hintereinander?! Ich liebe es. Die Party am 25.12.07 war mal wieder klasse: viele Leute getroffen, getanzt, Prosecco getrunken, bis es keinen mehr gab, und um sieben Uhr morgens (ja, Mama und Papa, richtig gehört) mit dem Taxi nach Hause gefahren. Mein Mann Carsten war eh nicht da ... Er hatte sozusagen eine „Gegenveranstaltung“: Ehemaligentreffen seiner Schule in Ratzeburg.

Das Verrückte ist ja, dass unsere Krebsgeschichte für mich eigentlich schon auf diesem Treffen begann. Ich begegnete der Freundin eines alten Schulfreundes. Sie lachte, war fröhlich und sah eigentlich aus wie immer.

„Und, wie geht's?"

(Die klassische Schultreffen-Frage übrigens.)

„Schlecht."

„Bitte?"

„Schlecht. Es geht mir schlecht."

„Oha", dachte ich, „wahrscheinlich ein Fettnäpfchen. Im Zweifel haben die beiden gerade den größten Krach ihres Lebens. Oder sind schon längst getrennt." Doch die Freundin fasste sich an die Stirn, lupfte ein wenig ihren Haaransatz und sagte: „Das ist 'ne Perücke. Und", sie zeigte auf ihre Brust, „eine meiner beiden Brüste ist auch weg. Ich hab' Brustkrebs."
Ich weiß, dass wir zwei dann noch einige Zeit miteinander geredet haben, aber fragen Sie mich nicht, was ich damals gesagt habe. Ich weiß es nicht mehr. Ich glaube, es war so eine Mischung aus „Mensch, du Arme." und „Kopf hoch, das wird schon wieder!". Was man eben so sagt als Mann, in so einer Situation.

Carsten war nicht da, somit stand für mich fest: ausschlafen, danach direkt im Jogginganzug aufs Sofa und den ganzen Tag richtig schön gammeln. Es kam anders. Ich wurde früh wach, weil die Knöpfe vom Kopfkissen auf meine Brust drückten – und das tat weh. Also bin ich aufgestanden und ab unter die Dusche. Beim Einseifen das zweite „Aua" an meiner Brust. „Diese blöden Knöpfe", war mein Gedanke. Beim Bettenmachen stellte ich Folgendes fest: Die Kopfkissen hatten keine Knöpfe, sondern Reißverschlüsse – und auch noch extrem dünne. Also fasste ich die schmerzende Stelle noch mal an. Da war irgendwie ein „Gnubbel". Scheiße. „Aber bloß erst mal keine Panik schieben", dachte ich. Das ist mir auch circa eine halbe Stunde gelungen. Danach Telefonkette: Carsten, meine Eltern, meine Freundinnen. Ihre einstimmige Meinung: keine Panik schieben (ach nee, super Rat), aber zügig einen Termin beim Frauenarzt machen. Mein Frauenarzt hatte was? Richtig, Weihnachtsurlaub.

Moment. Die erste Diagnose stammte nicht von einem Arzt, sondern von mir. Abends auf unserem Sofa. Ich sagte zu Miri: „Lass mal fühlen, den ‚Gnubbel.“ Miri nahm meine Hand und legte Daumen und Zeigefinger auf eine Stelle etwas oberhalb der rechten Brust. „Da ist tatsächlich was“, stellte ich fest.
„Sag ich doch. Bestimmt was Schlimmes.“
„Quatsch.“ Ich knetete den „Gnubbel“ ein wenig und bewegte ihn zwischen meinen Fingern. „Tut's weh?“
„Ja, und wie.“
„Siehst du, Brustkrebs ist es schon mal nicht. Brustkrebs tut nämlich nicht weh. Hab' ich mal gelesen.“

Da ich ja – wie erwähnt – keine Panik schob, bin ich gleich an seinem ersten Arbeitstag im Januar einfach auf blauen Dunst zur Praxis gefahren – allerdings eine Stunde bevor sie überhaupt aufmachte. Durch Zufall traf ich meinen Arzt dann beim Bäcker nebenan, als er sich sein Frühstück holte. Somit hatte ich Glück, gleich vor dem ersten terminierten Patienten aufgerufen zu werden. Seine ersten Worte: „Nun schieben Sie mal keine Panik ... Wir machen erst mal 'ne Sonografie.“ Gesagt, getan. Ergebnis der Ultraschalluntersuchung: Der „Gnubbel“ war sichtbar. Ach nee, habe ich doch gesagt, dass da ein „Gnubbel“ ist. Mein Arzt beruhigte mich gleich, dass das nichts Schlimmes sein müsste, empfahl aber eine zügige Mammografie im nahe gelegenen Röntgenzentrum. Er ging in den Nachbarraum und versuchte, einen Termin zu bekommen. Ich lauschte und hörte geflüsterte Bruchstücke: „... Schnellstmöglich ... Geht's heute nicht mehr ... Ist echt dringend ... Übermorgen ... Na ja, o.k. ...“

Zum Frauenarzt-Termin bin ich nicht mitgegangen. Warum auch? Ich war mir sicher, dass sich die Geschichte in Luft auflösen würde. Eine harmlose Verhärtung, irgendwie so was. Selbst als Miri nach Hause kam und von der Reaktion ihres Arztes und dem Folgetermin berichtete, war ich mir sicher, dass die ganze Geschichte gut ausgehen würde. Kein Grund zur Panik. Krebs kriegen andere. Wir nicht.

Wobei, Miri ließ noch nicht locker: „Bei mir ist doch was gefunden worden. Könnte was Ernstes sein.“
„Mensch, nun mach nicht so eine Welle. Noch ist ja nix bestätigt“, erwiderte ich.

„Könnte aber sein, ich hab' so'n Gefühl."
„Du und deine Gefühle. Warte doch den Termin übermorgen ab. Wirst schon sehen, alles wird gut."

Da war er: mein erster Mammografietermin – und auch noch einer aus akutem Anlass. Mit dem Gedanken „Bloß keine Panik schieben!" und Powershopping habe ich mich irgendwie über die zwei Tage gehangelt. Warum ich allerdings alleine zu diesem Termin gegangen bin, ist mir heute ein Rätsel. Die Mammografie lief wie folgt: Ich entkleidete mich in einer Kabine oben herum. Dann wurde ich an eine monströse Maschine gestellt und legte eine Brust auf eine Platte. Eine freundliche Arzthelferin erklärte, dass sie die Brust in wenigen Sekunden mit einer weiteren Platte, die von oben käme, einquetschen würde. Ich fand den Begriff „einquetschen" falsch gewählt. Es hätte „mit einer Dampfwalze auf einen Zentimeter Durchmesser zusammendrücken" heißen müssen. Danach musste man nur noch stillhalten und fertig. Mein einziger Gedanke: „Hoffentlich bekommt sie die alte Form wieder." Es war aber weder schlimm noch tat es weh. Der Spuk war in wenigen Minuten vorbei und die nette Arzthelferin bat mich, mich wieder anzuziehen. Danach sollte ich warten, bis der Arzt mich in sein Zimmer bittet, um die Röntgenbilder auszuwerten. Der Arzt war von der Sorte „mit dem linken Bein aufgestanden und noch keinen Kaffee gehabt". In knappen Worten erklärte „Weißkittel" das, was mein Leben von jetzt auf gleich ändern sollte: „Sie haben Krebs. Ich mache meinen Job seit vielen Jahren und muss sagen: Es deutet wirklich alles darauf hin." Zack, Boom, Bang. Wie bitte? Damit hatte ich so gar nicht gerechnet. Krebs bekamen andere, aber doch nicht ich! Schlussendlich kam es sogar noch schlimmer: Es war nicht nur ein Karzinom (zu Deutsch: „Gnubbel“ bzw. Krebsgeschwür), sondern es waren drei in einer Brust. Seine Empfehlung: Ich sollte schnellstmöglich einen Termin für eine Biopsie machen, die sein Ergebnis endgültig bestätigen sollte, um dann so schnell wie möglich mit der Therapie zu beginnen. An den Weg vom Röntgenzentrum nach Hause kann ich mich nicht mehr erinnern. Ich war wie in Trance. Erst zu Hause habe ich geweint. Rückblickend war es eines der wenigen Male, die ich während der Behandlung überhaupt geweint habe.

Meine Gedanken? Immer locker bleiben! Ich war sicher, Miri würde nach Hause kommen und sagen: „Gute Nachrichten, alles in Ordnung.“ Trotzdem schickte ich morgens noch schnell eine SMS aus dem Studio: „Denk’ an dich! Hab’ dich lieb. Melde dich mal, wenn das Ergebnis vorliegt.“

Bis zum Mittag kam keine Antwort. (Und das bei meiner Frau, die eine Weltklasse-SMS-Schreiberin ist. Alle Freundinnen können das bestätigen.) Ich versuchte, anzurufen, Miri ging nicht ran. Also noch eine SMS: „Alles o.k. bei dir? Kannst ruhig mal antworten.“ Danach legte ich mich kurz aufs Sofa (das mache ich immer nach meiner Radio-Frühschicht). Am frühen Nachmittag wurde ich wach – immer noch keine Antwort von Miri. Ich schrieb: „Was ist looos? Melde dich! Mach’ mir Sorgen.“

Jetzt nicht nervös werden, Carsten. Im Zweifel ist Miri direkt nach der Untersuchung zu H&M gegangen oder aber sie hat irgendeine Freundin getroffen. Sie wird sich bestimmt gleich melden. Doch dieses Mal war alles anders. Am späten Nachmittag hörte ich den Schlüssel im Türschloss, Miri kam rein, sagte kein Wort und heulte los. Ich nahm sie in den Arm und so standen wir bei uns im Flur. Fünf Minuten? Zehn Minuten? Keine Ahnung, wie lange.

Die Biopsie (Gewebeentnahme mit einer langen Nadel, tut nicht weh) war auf den Tag genau eine Woche später. Bis dahin beschloss ich, es niemandem zu erzählen. Eine Woche zwischen Hoffen und Bangen. Der mürrische Weißkittel konnte sich doch auch mal täuschen, oder? Er wird sich sicher vertan haben. Die Hoffnung stirbt zuletzt. Meine starb am Freitag, den 11.01.08: Ich hatte wirklich Brustkrebs. Unglaublich. Ich war geschockt – und überfordert. Was sollte ich jetzt als Erstes tun? Telefonkette nach dem Motto: „Hallo, hier ist Miri. Hast du kurz Zeit? Ach, du bist im Supermarkt. Kein Problem. Nur ganz kurz so zwischen Tiefkühlkarotten und Käsetheke, eh du es von anderen erfährst, ich hab' Brustkrebs." ODER eine SMS nach dem Motto: „Liebe Mädels! Leider kann ich an unserem Mädelsabend am Dienstag nicht teilnehmen. Statt Prosecco gibt's für mich die erste Chemo. Ich bin nämlich leider an Brustkrebs erkrankt. Trinkt einen für mich mit. Bussi. Eure Miri." ODER ein Anruf in der Firma: „Hallo, hier ist Miriam. Ich möchte den Chef sprechen. Aha, der ist in 'nem Meeting. Nee, da brauchst du nicht zu stören. Ist nicht sooo wichtig. Richtest du ihm aber bitte eventuell danach kurz aus, dass ich Brustkrebs habe und so circa ein Jahr nicht mehr zur Arbeit kommen kann. Danke, sehr nett." Ich habe mich als Allererstes wirklich gefragt, wie ich das alles logistisch lösen soll. Es musste ja schließlich schnell gehen, da die Behandlung schon vier Tage später (!) beginnen sollte, das sagte schließlich „mein Professor". Ich rief „meine Mädels" an – eine nach der anderen. Die, von denen ich dachte, dass sie weinen würden, waren in ihrem Schock gefasst. Die, von denen ich dachte, sie wären gefasst, weinten. Eiligst wurde ein Mädelsabend einberufen. Da weinte ich auch.

Ich erinnere mich noch an den Termin bei R.SH. Wir sind gemeinsam ins Büro der Programm-Managerin (die dachte wahrscheinlich: „Toll, jetzt kommen die wieder wegen mehr Gehalt.") und haben ihr gesagt, was bei uns los ist. Das heißt: Ich hab's erzählt, bei Miri ging nicht so viel in dem Moment. Nach dem Termin hat sie ihren Schreibtisch aufgeräumt (war nicht viel zu tun, sie hat ohnehin den ordentlichsten im ganzen Sender) und ist nach Hause gefahren. Dass Miri jetzt ein ganzes Jahr fehlen würde, das war mir nicht klar. Nicht mal ansatzweise. Aber mir war ohnehin nicht klar, was da jetzt alles auf uns zukommen würde. Als Erstes das Gespräch bei dem Mann, der Miri gesund machen sollte.

„Mein Professor“ im Uniklinikum hieß Professor J. und er hat natürlich nicht nur mich behandelt, sondern circa 19.371 andere Frauen. Mein erster Eindruck sollte sich bestätigen: Er wählte seine Worte grundsätzlich äußerst sorgfältig und er hatte so viel Erfahrung, dass ich mich bei ihm von Anfang an zu hundert Prozent gut aufgehoben gefühlt und ihm zu tausend Prozent vertraut habe. Mehr ging nicht. Es zählt für mich bis heute ausschließlich SEINE Meinung. Ich bin bewusst nie bei anderen Ärzten gewesen, denn ich wusste, dass er mich gesund macht. Von Anfang an hatte ich aber auch Ehrfurcht. In seiner Gegenwart war ich stets wie gelähmt vor Hochachtung. Ich vergaß meine Fragen, die ich zu Hause gut überlegt und feinsäuberlich aufgeschrieben hatte, und fing, wenn ich den Mund aufmachte, zu stottern an. Er musste denken, dass ich eine dümmliche, blonde, stammelnde, ewig lächelnde Irre bin. Damit konnte ich aber leben. Ich schaffe es bis heute nicht, in seiner Gegenwart einen sinnvollen Subjekt-Prädikat-Objekt-Satz zu bilden, wenn ich mir vorstelle, dass seine Hände ohne Ende Krebszellen getötet und Frauen geheilt haben. Wahnsinn, dass es Menschen gibt, die so etwas können und tagtäglich mit dem Tod anderer konfrontiert werden.

Ja, Miri und „ihr Prof“, im Nachhinein kann man schmunzeln. Miri ist bestimmt nicht auf den Mund gefallen, nur bei ihm war sie immer völlig durch den Wind. Aber bei mir war es ja nicht anders: Im Radio immer vorneweg, aber jetzt saß ich da in seinem Zimmer. Miri auf dem Stuhl daneben. Wir zwei, wie ein Häufchen Elend. Der Prof trug einen weißen Kittel und Schuhe, die auf dem Linoleum quietschten. Sein Computer war in den Schreibtisch eingelassen, links von ihm stand ein kleines Gerät, in das er diktierte. Er sprach leise, so leise, dass ich mit meinem schlechten Gehör Schwierigkeiten hatte, ihm zu folgen. Aber das, was er sagte, das hatte es in sich: Brustkrebs, Operation, Chemo.

„Mein Prof“ sagte bei unserer ersten Begegnung zwei Sätze, die sich für immer in mein Gehirn einmeißeln sollten: „Sie müssen jetzt kämpfen, Frau Köthe. Wir kriegen das hin, aber Sie müssen wirklich kämpfen.“ Er erklärte mir, dass er es bei meiner Krebsart für richtig hielt, mit sechs Chemos (alle drei Wochen eine) zu beginnen und erst anschließend zu operieren. Warum? Keine Ahnung. Ich habe es nicht hinterfragt und es war auch besser so. Zu viel Wissen macht Angst. „Wahrscheinlich macht man es, um die doofen Krebsgeschwüre erst mal zu verkleinern“, so mein Gedanke. Der Kampf begann vier Tage später – am Dienstag, den 15.01.08., mit einer OP.

Mir sollte ein Port eingesetzt werden. Der Port war irgend so ein kleiner Kasten, der am Schlüsselbein gegenüber der befallenen Brust implantiert werden sollte. Über ihn sollte die Chemie in meinen Körper fließen. Beim Krankenhaus-Aufnahmegespräch wurde mir das Ding detailgetreu aufgezeichnet und von einer jungen, hübschen Ärztin erklärt. Ich habe sie nett angelächelt und getan, als würde ich zuhören. Ja, ich wollte kämpfen, aber ich wollte nichts Genaues wissen. Ich wollte einfach nur „machen", loslegen. Dieses Verhalten habe ich bis heute beibehalten – und damit habe ich alles prima hinbekommen. Nicht, dass ich kein Interesse hatte, wie mein Krebs genau hieß, auf was für Hormone er ansprach, wie ein Port genau funktionierte oder was für Nebenwirkungen eine Chemo hatte. Nein, ich hätte schlicht und ergreifend Angst bekommen, hätte ich mich zu genau damit beschäftigt.

Die Ärztin hatten wir übrigens vorher schon kennen gelernt, beim allerersten Gesprächstermin über das, was nun auf uns zukommen würde. Bei diesem Termin wurden Miri schon diverse Ampullen Blut abgenommen. Die Ärztin war genau so aufgeregt wie wir und es landete eine ziemliche Blutlache auf dem Tisch. „O.k.", dachte ich, „das macht deine Frau hier nicht lange mit." Miri kippt normalerweise schon in Ohnmacht, wenn jemand im Fernsehen blutet. Aber – nix da. Da habe ich gestaunt.

Die junge, nette, hübsche, blonde Ärztin (ab jetzt „Dr. Blondi") redete und redete und ich unterschrieb zahllose Papiere. Aus einer OP sollten auf einmal zwei mit örtlicher Betäubung werden (wie zwei? Wie örtliche Betäubung?), hintendran sollte gleich die erste Chemo durch meinen Körper fließen und ich sollte die Nacht im Krankenhaus verbringen. Ich war völlig überfordert und versuchte, mir auch jetzt keinen Kopf zu machen. Also: OP-Kittel und Netzhöschen an, Beruhigungstablette (ich nenne sie „Scheißegal-Pille“) runterschlucken – und nach einer Einwirkzeit ging's völlig benebelt ab in den OP. Ich war trotz der Pille (ich war fest der Meinung, dass sie gar nicht wirkte) aufgeregt wie vor der Abiprüfung – ich war schließlich noch nie im Krankenhaus, geschweige denn operiert worden. Nun lag ich da: in einem gekachelten Drei-Quadratmeter-Raum, vor mir mit Mundschutz getarnte Menschen und ein grünes Tuch vor der Nase. Mir schlotterten so sehr die Knie, dass ich dachte, dass die Vermummten so unmöglich anfangen können. Sie würden mir bei meinen Zitterattacken versehentlich den ganzen Körper aufritzen. Den Gedanken hatte ich noch nicht zu Ende gedacht, da wurde so stark an mir geruckelt, dass ich das Gefühl hatte, vom OP-Tisch zu stürzen. Was machten sie mit mir? Nach circa einer halben Stunde (aber gefühlten drei Stunden) waren sie fertig. Es ging sofort hoch zum Röntgen. „Bitte einmal aufstehen und hier gegenstellen“, hieß es da. AUFSTEHEN? Witzig! Deren Humor möchte ich haben. Hallo, ich bin gerade erst frisch operiert worden – merken die noch was? Augen zu und durch. Auch das bekam ich hin. Ich war zum ersten Mal echt stolz auf mich. Ich hatte schließlich einen klitzekleinen Teil der Behandlung schon hinter mir. „So“, sagte die Schwester, „wir fahren jetzt erst mal wieder nach oben und in 'ner Stunde geht's wieder runter, dann wird der Port eingesetzt.“ Wie bitte? Ich dachte, das hätten die gerade gemacht. Schlussendlich fand ich heraus, dass erst ein Schlauch eingesetzt worden war. Ja, an der einen oder anderen

Stelle hätte ich doch besser zuhören sollen. Auf dem Zimmer hatte ich also erst einmal Verschnaufpause. Ich blickte zu den bummelig siebzehn Stoff-Glücksschweinen, die ich von meiner Familie und Freunden in den vergangenen Tagen geschenkt bekommen hatte. Es waren so viele, dass ich beim Packen meiner Krankenhaustasche kaum noch Platz für meinen Bademantel hatte. Aber was war wichtiger? Siebzehnmal Glück oder nicht zu frieren (gesetzt den Fall ich sollte nach dieser SCHWEREN OP überhaupt jemals wieder aufstehen und auf dem Gang spazieren gehen)? Der „Schweinestall" musste also mit.

Lassen Sie sich nicht täuschen, wenn Miri hier so munter und fröhlich erzählt. Ich habe diesen Tag deutlich angespannter in Erinnerung. Und ich weiß auch noch, dass Miri nach der OP fix und fertig war, als sie ins Zimmer zurückgebracht wurde. Ich habe versucht, sie aufzuheitern: „Guck mal, vom Bett aus kannst du die Schiffe im Hafen sehen. Und sogar vom Klo aus. Ich zieh' hier mit ein." Kläglicher Gag, ich weiß, aber an diesem Tag fiel mir echt nichts Besseres ein.

Auch der zweite „kleine Eingriff" verlief problemlos. Die Ärzte sprechen übrigens grundsätzlich von „kleinen Eingriffen" – wahrscheinlich würden sie sogar eine Transplantation als einen „kleinen Eingriff" verkaufen. Egal. Ich war froh. Ich hatte es hinter mir. Das Glücksgefühl hielt allerdings nicht lange an. Als die nette Ärztin vom Vorgespräch, „Dr. Blondi", mir eine Nadel in die frisch operierte Stelle stach und den ersten Chemie-Beutel daran anschloss, war wieder Schluss mit lustig. Sie erklärte, dass sie sich entschlossen hätten, mir TAC zu ge-

ben. Der Name ergebe sich aus den drei Anfangsbuchstaben der drei Wirkstoffe der Beutel. Aha – meine Chemo hatte also ab jetzt einen Namen: TAC. Klang hübsch, wobei ich mir sicher war, dass der Schein trog.

Und ich saß die ganze Zeit daneben. Völlig hilflos und völlig überfordert. Jedenfalls kam ich mir so vor. Für Miri war es wahrscheinlich einfach nur wichtig, dass ich da war. Ich saß auf einem Stuhl und konnte wenigstens kleine Hol- und Bringdienste für sie verrichten. „Holst du mir bitte Wasser?“ oder „Magst du den Tee mal rausbringen?“, so in der Art. Ich glaube übrigens, dass Miri mich nur ab und an losgeschickt hat, damit ich Beschäftigung hatte und mich nicht ganz so nutzlos fühlte.

Am meisten habe ich mich an diesem Nachmittag und Abend gewundert, wie viele Ärzte bei uns im Zimmer aus- und eingingen. Und vor allem – wie jung die waren. Der Typ mit dem Chemo-Beutel war vielleicht Ende zwanzig! Ich wollte erst fragen: „Ist das auch der richtige Beutel? Und wie viel Erfahrung haben Sie im Chemo-Verabreichen?“ Aber ich habe nichts gefragt. Ich habe einfach nur dagesessen.

Bis 23 Uhr lief TAC über einen Schlauch in meinen frisch transplantierten Port. Die Flüssigkeit eines Beutels war rot und erinnerte mich schwer an die Sorten „Exotic“ oder „Red Fruit“ führender Safthersteller. Lecker – also der Saft. Die Flüssigkeit in dem Beutel roch ekelig. Der Arzt, der die Nachtschicht hatte und den letzten Chemiebeutel an meinen Tropf hängte, meinte, dass ich nicht erschrecken soll, wenn mein Urin später rot ist. Er sagte zudem: „Würden Sie diesen Urin trinken, würden Sie sofort tot umfallen.“ „Gut zu wissen, denn wie häufig trinkt man seinen eigenen Urin?!“, dachte ich und schlief ein. Blutdruck messen, Fieber messen, Puls messen – so ging es die ganze Nacht (so kam es mir zumindest vor). Am nächsten Morgen hatte ich das Gefühl, gar nicht geschlafen zu haben. Eine Schwester brachte „Anti-Kotz-Tabletten“ und Frühstück. Widerspricht sich irgendwie – also erst die Tabletten und obendrauf ein Nutellabrötchen. Noch eh das Brötchen im Magen angekommen war, war auch schon Visite. Cool, wie bei der Arztserie „Grey's Anatomie“ standen sie vor meinem Bett: die Ärzte, Assistenzärzte und Schwestern. Alle in weißen Kitteln, alle attraktiv, alle mit einem lustigen Spruch auf den Lippen. Nur die Kameras fehlten – das war die Realität. Ein Blick auf meine Narbe und ein fröhliches „Na, die Chemo haben Sie offenkundig gut vertragen. Und zeigen Sie mal die Port-Narbe ... Aha, sieht gut aus ... Das haben wir doch gut hingekriegt. Dass es noch ein bisschen wehtut, ist normal. Sie können aber nach Hause.“. Ein bisschen wehtut? Es kam mir vor, als wäre die ganze Nacht jemand auf meinem Schultereckgelenk herumgesprungen – und die wollen mich nach Hause schicken? Bevor die „Grey's Anatomie“-Truppe mit wehenden Kitteln mein Zimmer verließ, teilten sie mir en passant noch mit, dass ich ab jetzt eine Spritze bekommen sollte, die meine Eierstöcke außer Gefecht setzen würde (nee, ist kein Problem, ich kann auch mal kurz ohne Eierstöcke). Diese Spritze sollte ich monatlich bekommen – insgesamt zwei (!) Jahre lang (o.k., also dann eben zwei Jahre ohne Eierstöcke). Man hatte bei der Biopsie nämlich herausgefunden, dass sich mein Krebs von Hormonen ernährt. Aha. Mit der Spritze sollte die Hormonproduktion gestoppt werden. Aha. Erst später wurde mir klar, was das überhaupt bedeutet: Sie versetzen mich künstlich in die Wechseljahre. PANIK! Ich in den Wechseljahren – mit 37 Jahren?! Ich sah mich schon auf meiner Lieblings-Weihnachts-„Lilalü"-Party mit fetten Schweißplacken unterm Arm – und zwar ohne überhaupt getanzt zu haben. Bloß nicht weiter darüber informieren und nachdenken – auch hier meine Taktik.

Gegen elf Uhr kamen Carsten und meine Eltern (geil: einen Tag im Krankenhaus und drei Besucher, so konnte es weitergehen), um mich abzuholen. Wir sind dann gleich in die Stadt gedüst, um einen Kalender zu kaufen, in dem ich meine ganzen Termine und Medikamente notieren sollte (Mütter sind ja sooo patent!). Danke für diesen Tipp, Mutti, denn dieser Kalender dient mir heute dazu, mein Buch zu schreiben.

Oh nein, so einfach war die Heimfahrt nicht. Miris Port-Narbe tat höllisch weh und jede Bodenwelle verursachte bei ihr heftige Schmerzen. Ich hatte sie auf dem Beifahrersitz festgeschnallt, sie selber konnte es nicht, weil sie ihre Arme kaum bewegen konnte. Dann sind wir los. Miri rief unentwegt „Da vorne ist ein Gullydeckel, bitte fahr links!" oder „Da, ein Schlagloch, fahr rechts!" und so weiter ... Ich fuhr komplett

Schlangenlinien. Zum Glück war kein Polizeiwagen hinter uns, jede Wette, die hätten mich rausgewunken und pusten lassen.

Zu Hause hatte Carsten mir das Sofa zurechtgemacht. Echt süß: Bettdecke, Kissen, Zeitschriften, Getränke, Fernbedienung, Medikamente – und ich war einfach nur müde. Nach dieser ersten Chemo habe ich nur geschlafen. Dornröschen war nichts gegen mich. Auch süß: die Einträge meiner Mutter in meinem gerade erworbenen Mickey-Mouse-Krebskalender: „Donnerstag, 17.1.: Ohnmachtsgefühl beim Aufstehen, Frühstück o.k., latente Kopfschmerzen ... Verspannung?"
Fortan habe ich in diesem Kalender alles akribisch vermerkt. Rückblickend muss ich sagen, dass die erste Chemo die schlimmste war, wobei ich eigentlich nicht wirklich von „schlimm" sprechen kann. Aber mit den weiteren hatte ich noch weniger Probleme. Als es mir am ersten Tag nach der Chemo richtig gut ging (außer der schleppenden Müdigkeit und Schlappheit) und ich ziemlich glücklich darüber war, wartete meine Mutter gleich mit fundiertem Halbwissen auf. Demnach sollte man am ersten Tag nach der Chemo Bäume ausreißen können, der zweite Tag sollte auch o.k. sein, aber am dritten Tag sollte es einem schlecht gehen. Das hätte sie mehrfach im Internet gelesen. Danke, Mutti, ich warte denn jetzt mal ängstlich auf Tag drei. Tag drei kam – und er war nicht viel anders als die Tage davor: Mir war latent kodderig, aber dagegen nahm ich Tabletten, die auch sofort halfen, und ich war weiterhin extrem müde und schlapp. Um es auf den Punkt zu bringen: Ich fühlte mich, als hätte ich die Grippe des Jahrhunderts. Die kommenden Tage bekam ich mal Knochen-

schmerzen, Blähungen, Verstopfungen, Durchfall und so weiter ... Das eine kam von der Chemo, das andere von der Wechseljahrsspritze, das nächste vom Antibiotikum, was ich an bestimmten Tagen nach der Chemo einnehmen musste. So genau wollte ich es gar nicht wissen. Das einzige, was echt genervt hat, war, dass ich einen gesegneten Appetit hatte, aber sich mein Geschmackssinn irgendwie langsam veränderte. Anfangs dachte ich, dass ich es mir nur einbilde, aber nein, einige Sachen schmeckten bitter, eisenhaltig oder einfach nur süß. Bäh. Kaffee, Cola, sämtliche Teesorten, selbst Selters gingen gar nicht. Alles ekelig. Auch mit dem Essen war es wie verhext: Ich wusste wie Schokolade schmeckt, hatte Heißhunger drauf, aber sie schmeckte einfach nur zum k... Trotzdem habe ich sie gegessen, da alles andere ja auch irgendwie abartig schmeckte. Es war ein Teufelskreislauf. Anfangs dachte ich mir: „Super, da kannst du ja mal das eine oder andere Kilo abnehmen." Aber nix da: In der ersten Chemo-Woche ging es zwar zwei bis drei Kilos runter, ab der zweiten Woche kam aber so langsam – hex, hex – der Geschmackssinn zurück – und es ging drei bis vier Kilos wieder rauf. Wenn man erst mal wieder wusste, wie „Tortellini alla Panna" schmecken (Gruß an Toni Atlante, unseren Lieblingsitaliener in Kiel!), hätte man sie schon zum Frühstück essen können.

In diesen Tagen hatte ich zwei Berufe. Rundfunkmoderator und Laufbursche für meine Frau. Sie sagte: „Ich habe Appetit auf Fleischsalat." Ich also los in den Supermarkt, Fleischsalat kaufen. Miri abends: „Der schmeckt nicht."

„Das ist aber der, den wir immer essen."

„Er schmeckt anders."

„Er schmeckt wie immer."
Das Spielchen vollzog sich am nächsten Abend mit Teewurst, am übernächsten Abend mit Gouda-Käse, noch einen Abend später mit Mortadella. Sie konnte ja nichts dafür, es lag an dieser ollen Chemo. Jeden Tag flitzte ich zum Einkaufen, bis der Geschmack bei Miri zurückkehrte.
„Lecker, der Fleischsalat."
„Vor drei Tagen hatten wir den auch, da schmeckte er dir nicht."
Miri sagte lächelnd: „Heute schmeckt er mir wieder."

Nach einer Woche wartete ich übrigens immer noch auf den von Mutti angekündigten „schlimmen" dritten Tag und beschloss, mein Warten zu beenden. Fröhlich kam ich in die Praxis meines Frauenarztes, um mir Blut abzapfen zu lassen. Auf den Tag genau eine Woche nach jeder Chemo musste ich in die „Vampir-Praxis". Es war wichtig, dass bestimmte Werte im Blut stimmten. Diese Ergebnisse erfuhr man erst einen Tag später. Ich war aufgeregt wie ein Grundschulkind, das die erste Klassenarbeit zurückbekommen sollte. Meine ersten Werte waren o.k., trotzdem der Rat meines Arztes: Wegen der hohen Infektionsgefahr sollte ich die nächsten Tage nicht in den Supermarkt gehen, nicht ins Kino und kein Konzert besuchen. Witzig – als ob ich in meiner Verfassung Bock gehabt hätte, mir zwei Stunden AC/DC anzugucken und dazu headzubangen. Das war also meine erste Chemo. Eine Frage musste ich dann doch stellen und zügig beantwortet haben: „Fallen von der Chemie nicht irgendwann die Haare aus – und wenn ja, wann?" Die Antwort: „Ja, und in circa zwei Wochen."

Bis die Haare ausfallen würden, war ich Miris „Behelfsfriseur“. Auch Tage nach der Port-OP konnte sie nur mit Mühe die Arme in Schulterhöhe bewegen. An selbstständiges Haare waschen war nicht zu denken. Also lief das Ganze bei uns wie folgt ab: Miri legte sich flach auf den Badezimmerboden (unter ihr die Auflagen für unsere Gartenstühle!), ich hievte vorsichtig ihren Kopf in unsere Duschwanne und dann ging's los – nicht mit der Duschbrause, sondern mit Wasser aus einem Messbecher. Es dauerte alles unglaublich lange, aber egal, wir hatten ja Zeit.

Für mich war von vornherein eines klar: Ich wollte mir eine flotte Perücke anschaffen. Warum? Ganz einfach: Ich fand den Gedanken schrecklich, dass ich monatelang mit bunten Tüchern (womöglich selbst gemacht und passend zu allen Outfits – gruselig) auf dem kahlen Kopf und mit aschfahlem Chemo-Gesicht durch die Stadt schleiche und fremde Leute denken: „Die Arme, die hat Krebs und schon etliche Chemos hinter sich.“ Nein: Ich wollte aussehen, wie ich immer aussah, koste es, was es wolle. Auch hier wartete meine Mutter mit fundiertem Halbwissen auf: „Meine Friseurin Elke hat eine Kundin, die eine Perücke hat, die gaaanz toll aussehen soll. Die hat sie von so einem Perückenmacher in Neumünster.“ Neumünster – nicht gerade der Nabel der Welt, geschweige denn Modemetropole. Nun gut. In Sachen „kümmern“ sind und bleiben Muttis Muttis – auch wenn man schon 37 Jahre alt ist. Nach umfangreichen Recherchen fand sie schließlich heraus, wie der Laden heißt, und machte auch schon mal vorsichtshalber einen Termin. Nur mal kurz nebenbei: Ich hatte weder Muttis Friseurin jemals gesehen noch gefragt, wie alt die besagte Kundin war (womöglich 65?). Bei der ganzen Mühe konnte ich Mutti aber unmöglich absagen. Bloß nicht drüber nachdenken. Augen zu und durch. Sie versuchte schließlich nur, zu helfen. Und wenn Mutti hilft, ist Papi nicht weit weg. Wir fuhren also zu dritt nach Neumünster. Ich hatte absolut keine Erwartungen, sondern freute mich eher über den Ausflug.

Miri freute sich tatsächlich. Ich war echt von den Socken, vor allem, weil ich vorher gedacht hatte, dass diese ganze Perücken-Geschichte richtig Kraft kosten würde. Immer, wenn wir anderen von Miris Krankheit erzählten, kam sofort

die Gegenfrage: „Kriegst du Chemos?“ „Klar.“ „Das heißt, dir fallen die Haare aus?“ „Logo.“ „Ach Gott, wie traurig.“ Ich wusste wirklich nicht, ob Miri den Verlust ihrer Haare einfach so wegstecken würde, aber als ich sie da so sah, fröhlich mit ihren Eltern losfahrend, da dachte ich: „O.k., könnte klappen.“ Natürlich hatten wir vorher über das Thema geschnackt, Miri hatte auf dem Sofa gefragt: „Wirst du mich auch noch lieben, wenn ich eine Glatze habe?“
Ich antwortete: „Nein. Unter keinen Umständen.“
„Wirst du mich doch.“
„Und warum fragst du dann?“
„Ich war mir nicht sicher.“

Die Hinfahrt stand unter einem, ich möchte sagen, merkwürdigen Stern. Papa hatte sein neues Navi an Bord und das Ziel sicherheitshalber schon vor Abfahrt eingegeben. So weit, so gut. Er fuhr, Mutti saß hinten, ich vorne – mit dem Navi auf dem Schoß. Ein Bild für die Götter. Wir waren schon an der ersten Autobahnabfahrt nach Neumünster vorbei und unsere „Navi-Svetlana“ (so nannten wir die Stimme, die zu uns sprach) sprach irgendwie nicht zu uns. Ich rüttelte und schüttelte das Gerät. Es war einfach nur bunt, aber die Bilder bewegten sich zumindest. Das wiederum hieß, es hatte Strom und funktionierte. So viel schon mal zum Thema Logik. Woran lag es also? Die Stimmung wurde ein wenig gereizter. Papa zu mir: „Vielleicht hältst du das Gerät nicht richtig ... Das kann doch nicht sein ... Wir müssen hier irgendwann mal abfahren.“ Jegliches Drehen sowie Herumdrücken auf dem Gerät nützte nichts. Kurz vor der letztmöglichen Autobahnabfahrt dann das Wunder: „Svetlana“ sprach zu uns. Sie sagte mit ihrer monotonen

Freundlichkeit: „Ziel von hier aus nicht zu erreichen." Hä? Hat die noch alle beisammen? Wie „Ziel von hier aus nicht zu erreichen."? Mein Vater fasste einen mutigen Entschluss: Ich sollte das Gerät ausschalten, wir würden es schon irgendwie finden. Bloß nicht widersprechen. Er behielt natürlich Recht. Wir haben den „Perückenmann" gefunden – also, was „finden" bei Eltern eben so heißt: „Oh, hier in der Nähe müsste es sein. Lasst uns sicherheitshalber schon mal hier parken, dann gehen wir den Rest zu Fuß." Fünfzehn Minuten Fußmarsch in strömendem Regen später kamen wir an. Während Mutti und ich mit „Perückenmann" schnell Fachgespräche führten, fummelte Papa verzweifelt an seinem Navi herum und suchte immer noch den Fehler. So was lässt Papas, die Carports alleine aufbauen, Autos selbst reparieren und Uhren wieder zum Tikken bringen, doch keine Ruhe. Glücklicherweise fand er heraus, was das Problem war bzw. was „Svetlanas" freundliche Ansage zu bedeuten hatte. Das Gerät war schlicht und ergreifend auf „Fußgängerroute" eingestellt! Klar, dass das „Ziel" dann von der Autobahn aus nicht zu erreichen war. Wer spaziert schon zu Fuß über die Autobahn. Erleichterung. Erstens: Der Fehler war gefunden. Und zweitens: Ich war nicht Schuld. Die Stimmung wurde schlagartig besser, nachdem ich die ersten Perücken aufsetzte. Der Laden, zu dem mich meine Eltern „geschleppt" hatten, erwies sich als absoluter Glücksgriff, ich möchte sagen, als Sechser im Lotto. Noch heute danke ich Mutti für ihre Perücken-Recherchen und schäme mich für meine ursprünglichen Gedanken (also, hier liest du die offizielle Entschuldigung für die auf den vorigen Seiten geschriebenen Worte, Mutti). Der Laden befand sich in einem schicken historischen denkmalgeschützten Fachwerkhaus mit Stuck an den Decken. Oben gab es einen wunderschönen, großen Raum. Zuerst einmal stellte „Perückenmann" klar, dass es sich nicht um Perücken handle, sondern um „medizinischen Haarersatz". Nett gemeinter Versuch, aber „Tuffi" ist „Tuffi", oder?! Was muss man beachten, was gibt's für Möglichkeiten, was kostet das, was zahlt die Krankenkasse ... Fragen über Fragen. Ich hatte zu dem Zeitpunkt blonde, schulterlange, gesträhnte Haare ohne Pony – genau so eine Perücke wollte ich haben. Es gab Kunsthaarperücken, Mischhaarperücken und Echthaarperücken. Letztere mit asiatischem oder europäischem Haar. Aha – wieder was dazugelernt. Ich kam mir vor wie in einer Comedy-Vorstellung. Zu dem Zeitpunkt dachte ich noch: „Alles egal. Schlepp mir nur was an, was annähernd aussieht wie mein eigenes Haar." Nein, „Perückenmann" fuhr mit seiner Infoveranstaltung fort. Er fragte mich, ob ich viel backe, koche und wir einen Geschirrspüler hätten. Fand ich unverschämt, was hat ihn das zu interessieren? Ich wollte doch keinen Herd kaufen – oder hatte er einen Deal mit einem nahe gelegenen Elektroladen? Backen, kochen, Geschirrspüler? Nein, nein, ja. Damit wäre eine Kunsthaarperücke aus dem Rennen. Hä? Was hat denn das damit zu tun? Eine Kunsthaarperücke hätte nämlich den Nachteil, dass sie zum Beispiel beim Öffnen des Geschirrspülers bzw. des Backofens auf die Hitze reagiere und sich zusammenkräusele. Man müsse sie also bei der Küchenarbeit grundsätzlich abnehmen. Man stelle sich das Bild mal vor: Man hat zu Hause Gäste. Nach dem Essen stellt man das Geschirr in den Spüler und stellt ihn an. Wenn er fertig ist, öffnet man ihn und – zack – innerhalb von Sekunden lockt sich der „Tuffi" filzig nach oben. Brüllend komisch. Ich wollte aber auf gar keinen Fall, dass das passiert.

Und ganz sicher: MIR wäre es passiert. Zudem hätte längeres Kunsthaar den Nachteil gehabt, filzig zu werden – quasi wie die Haare von Barbie und Ken. Nee, bloß nicht. Thema Echthaarperücke: ist natürlich die teuerste und muss täglich frisiert werden. Auch beides doof. Also war schon mal klar: Die Tendenz ging zur Mischhaarperücke. Da es meine „Frisur" nicht fertig geschnitten gab, brachte „Perückenmann" so genannte „Rohlinge". Ganz ehrlich: Was er da anschleppte, sah alles aus wie ein Wischmopp. Unvorstellbar, dass man daraus MEINE bzw. überhaupt eine Frisur machen konnte. „Perückenmann" sagte, ich solle ihm vertrauen, er hätte eine erstklassige Friseurin, die jeden Tag Perücken einen Haarschnitt verpasse. Vertrauen? Ich kannte diesen Mann seit knapp einer halben Stunde und die erwähnte Friseurin hatte ich bis dato noch nicht mal zu Gesicht bekommen. Mein noch vorhandenes Haar wurde hochgesteckt und – zack – kam der Wischmopp über meinen Kopf. Ja, was soll man da sagen? Jedenfalls nicht: „Hey, sieht cool aus!" Der „Mopp" war zwar durchgestuft, mehr aber auch nicht. Und sorry: Mein Vorstellungsvermögen reichte wirklich nicht so weit, als dass ich mir ausmalen konnte, wie daraus eine Frisur entstehen sollte. Hatte ich eine Wahl? Nö – oder doch? Mir kam eine Idee. Ich ließ mir die Perücke wie ein Paar Schuhe oder eine Jeans einfach reservieren, also zurücklegen. Ich machte einen neuen Termin – und eines stand fest: Dahin mussten „meine Mädels" mitkommen, meine vier Freundinnen, um mir bei der Entscheidung zu helfen.

Miri zog mit „ihren Mädels" los und ich mit „meinen Jungs". Seit der Diagnose hatte ich kaum Zeit für sie gehabt, wie auch? Morgens sendete ich, dann war ich bei Miri, abends bereitete ich mich auf die Sendung am nächsten Tag vor – und dann ging es wieder ins Bett. Jetzt wollten wir uns mal wieder auf ein Bierchen treffen. War zu Anfang eine komische Stimmung, Männer sind irgendwie unsicher in solchen Situationen. „Meine Jungs" wussten ja auch nicht: Was sollten sie sagen? Wie würde ich reagieren. Würde ich losheulen? Müssten sie mich trösten? Um es gleich zu sagen: Der Abend war nett. Wir schnackten über Miris Krankheit, ich erzählte, wie es uns ergangen war, und dann wechselten wir irgendwann das Thema. Sprachen über das, worüber wir sonst auch sprachen: Fußball, Autos, Technik-Krams. Männer eben.

Was für ein netter Mädelsausflug. Mal was anderes. Was cool ist: Wenn man Krebs hat, hat plötzlich jeder Zeit für einen. So auch „meine Mädels". Ein paar Tage später haben wir die Fahrt zum Perückenladen zum Event gemacht. Zu fünft schlugen wir dort auf. „Perückenmann" fiel aus allen Wolken, als wir dort gackernd ankamen. So was hatte er noch nicht erlebt. Wir konnten uns gerade noch zurückhalten, Prosecco mitzunehmen – der kam nämlich eigentlich auf jeden Ausflug mit. Da saßen sie nun: meine Freundinnen und meine Schwester im Halbkreis hinter dem Spiegel und mir. Als Einstiegsgag ließ ich mir „Lorelei" bringen. „Lorelei" war eine hellblonde Langhaarperücke aus europäischem Echthaar. Sie ging fast bis zum Po. Ich sah aber nicht aus wie „Lorelei", sondern als käme ich aus dem horizontalen Gewerbe. Schallendes Gelächter. Ein Spruch jagte den nächsten. Es war mindestens ein genauso lustiger Tag wie sonst auch – obwohl der Anlass ja irgendwie ein trauriger war. Ich war aber nicht traurig. Wir fanden einen Rohling, der so aussah, als könnte man ihn auf meine echte Frisur zurechtschneiden, und wir verblieben mit „Perückenmann“ so, dass ich mich melde, wenn die ersten Haare ausfallen. Am 26.01., also elf Tage nach der ersten Chemo, hatte ich die Bürste voller Haare. Es war ein Samstag. Ich habe nicht geweint. Ich war nicht mal traurig. Ich habe nur gedacht: „Hoffentlich halten sie noch bis Montag.“ Sie hielten. Am Montag rief ich gleich bei „Perückenmann“ an. Er riet mir, die Haare nicht mehr zu waschen und gleich morgen zu kommen. Beides tat ich. Ich nahm meine Schwester mit – und war immer noch nicht traurig. Die Traurigkeit musste doch irgendwann mal kommen. War ich nicht normal? Alle weinen, wenn sie chemobedingt eine Glatze kriegen. Da saßen wir also vor dem Spiegel und es wurde ernst. Die Friseurin kam mit dem Rasierer, fragte, ob ich noch ein Foto machen oder einen Zopf behalten wollte. Nö, wozu? Die Haare kommen doch irgendwann wieder. Es sollte doch nur ein kurzer Abschied von ihnen werden. Sie fing an und es wurde kalt auf meinem Kopf. Mir war immer noch nicht zum Weinen zumute. Ich sah ungewohnt aus, aber irgendwie nicht hässlich. Ich fand es o.k., meine Schwester fand es auch nicht schlimm (zumindest war das mein Eindruck – ich kenne sie ja nun schon ein bisschen länger). Wir fanden beide, dass ich eine echt schöne Kopfform habe – keine Dellen, sondern absolut eben und rund. Der Perückenrohling wurde aufgesetzt und die Friseurin legte los. Jetzt war ich aufgeregt. Hoffentlich bekam sie es hin. Schnipp, schnapp fielen meine neuen Haare zu Boden (oder eher gesagt die einer mir unbekannten Asiatin). Es dauerte nicht lange und ich sah fast aus wie immer. Die Perücke war eine Wucht. Ich hatte jetzt zwar einen zur Seite gekämmten Pony (damit man den Ansatz nicht so sieht) und das Haar war mindestens siebenmal so dick wie meines, aber das fand ich toll. Ich wollte schon immer dickes Haar. Ich war glücklich. Schon auf der Fahrt nach Hause hatte ich mich an meine Perücke und mein Spiegelbild gewöhnt. Auch Carsten war begeistert. Schon abends machten wir die ersten Witze. „Gib mal her, ich setze sie auch mal auf." Wir haben gelacht und Carsten sagte irgendwann: „Wenn du sie nicht mehr brauchst, nehme ich sie. Dann sehe ich aus wie Günther Netzer." Damit hatte meine Perücke einen Namen.

Das war wahrscheinlich einer der spannendsten Momente unseres Krankheitsjahres. Miri stand mit dem neuen Haar vor der Haustür und klingelte. Irgendwie war die Situation so wie vor einigen Jahren. Damals hatte Miri beschlossen, sich von ihren langen Haaren zu trennen und sich einen Kurzhaarschnitt zuzulegen. Sie stand seinerzeit vor der gleichen Tür und rief von draußen: „Nicht lachen, du darfst nicht lachen."

Jetzt stand sie wieder da. „Wie findest du mich?"
„Hübsch. Sehr hübsch. Wie immer."

Abends nahm Miri ihre Perücke ab und ich sah meine Frau zum ersten Mal ohne Haare. Sie sah immer noch toll aus. Ein wenig so wie eine Puppe, die man im Kaufhaus-Schaufenster vergessen hatte und die am nächsten Tag neu angekleidet werden sollte.

„Günther" war mein Ein und Alles. Durch ihn fand ich mich weiterhin hübsch. Ich hatte Selbstvertrauen. Das Beste an „Günther": Egal ob Hamburg, neun Uhr, stürmischer Wind,

Mailand, vierzehn Uhr, glühende Sonne oder London, achtzehn Uhr, Regen – die Frisur saß. Ich hatte nie ein Styling-Problem, denn „Günther" konnte man schlicht und ergreifend nicht stylen. Er war zu kurz für Haargummis und Spangen. Er musste morgens nur einmal ausgeschüttelt und dann übergekämmt werden. Fertig. Er durfte sogar nur alle sechs Wochen gewaschen werden. Wie praktisch. Und was man für Geld sparte für Shampoo. Wahnsinn. Ich habe morgens nur noch die Hälfte der Zeit gebraucht und mein Mann hörte aus dem Badezimmer fortan nie wieder die verzweifelten Worte „Mist, meine Haare sitzen nicht!". Nachts schlief ich übrigens mit dünnen Kinderbaumwollmützen. Ohne sie wäre es ein wenig schattig gewesen. Ich habe es probiert und es fühlte sich ungefähr so an, als habe man bei minus drei Grad die Füße aus der Bettdecke hängen lassen – der ganze Körper kühlte aus. Brrr. Zudem war ja auch Winter.

Gleich in den ersten Wochen mit „Günther" wurde mir dann richtig bewusst, wie gut er geraten war. „Mein Prof" sagte bei meinem nächsten Termin, dass die Perücke einsame Spitze wäre. Höflichkeit? Bekannte sagten, dass man es kaum sehe, dass es eine Perücke ist. Ja, das wird Höflichkeit gewesen sein. Aber als mich eine Freundin, die ich lange Zeit nicht gesehen hatte, nach der zweiten Chemo fragte, wann denn meine Haare ausfallen, war ich stolz wie Oskar. „Günther" und ich waren eins. Er gehörte einfach zu mir. Nicht nur ich fand, dass ich damit ich selbst war. Fein. Nichts war für mich in dieser Zeit wichtiger als Selbstvertrauen. Wenn ich schon krank war, wollte ich nicht, dass man es auf den ersten Blick sieht. Nein, ich wollte mich weiterhin hübsch finden. Ich wusste von Anfang an, dass das ging. Heute kann ich sogar sagen, dass ich mich jeden einzelnen Tag meiner Krankheit schön gefunden haben – egal ob ich drei Kilos mehr, ein rotes Chemo-Gesicht oder kurzzeitig keine Wimpern und Augenbrauen mehr hatte. Ich habe immer das Beste aus mir gemacht, mich geschminkt, mir neue Klamotten gekauft oder auch mal die etwas weitere Jeans angezogen, wenn ich die andere sprengte. Ich fühlte mich hübsch. Ohne „Günther" wäre das definitiv nicht der Fall gewesen.

Abends kam „Günther" auf „Günther-Ständer". „Günther-Ständer" war ein einfaches Drahtgestell, darauf konnte „Günther" nachts schön durchlüften. Von Anfang an ging alles einfach und unkompliziert. Abends bevor ich mich waschen wollte: zack, runter mit „Günther" und rauf mit der Schlaf-Mütze. Nach dieser hatte ich übrigens lange suchen müssen. Problem: Die eine Mütze war zu dick, die andere aus Kunstfasern, die nächste hatte Nähte, die sich mir in die Kopfhaut bohrten. Eines Tages, als ich meine vierjährige Nichte und meinen einjährigen Neffen sah, kam mir die zündende Idee: Ich brauchte eine Kindermütze. Ich ging also in einen Kinderladen und begutachtete sämtliche dünne Baumwollmützchen. Sofort wurde ich von einer Verkäuferin angesprochen: „Wie alt ist es denn?" Oh Gott, was sollte ich jetzt sagen? „37 – es ist 37 Jahre alt." So tough war ich nun auch wieder nicht. Irgendwo gab es eine Schamgrenze – bei mir war sie da. Zudem wollte ich der Verkäuferin eine peinliche Situation ersparen. Was also tun? Fragen, ob ich sie kurz aufprobieren dürfte, und dann „Günther" abnehmen und die Mütze aufprobieren? No way. Die Verkäuferin wäre in Ohnmacht gefallen. Nach einer Umkleidekabine zu fragen, ging aber auch nicht.

Also irgendeine mitnehmen. „Ich nehme die mittelgroße hier. Zur Not kann ich sie doch tauschen, oder?“ Ich tauschte sie nicht – obwohl sie zu groß war. So erfuhr ich, dass mein Kopf offenkundig seit meinem ersten Lebensjahr nicht mehr gewachsen ist. Auch schön.

An dieser Stelle erinnere ich mich daran, dass Miri die Mütze oft nachts vom Kopf gerutscht ist. Wenn ich kurz wach wurde oder wenn morgens um 3.30 Uhr mein Wecker klingelte, dann sah ich meine Frau, die Decke bis zum Kinn hochgezogen, nur der kahle Kopf lugte hervor. Die Mütze lag ein Stückchen daneben auf dem Kopfkissen. Komisch, aber an dieses Bild denke ich noch heute manchmal.

Mein Badablauf Morgen für Morgen sah so aus: Zähne putzen, duschen, schminken, „Günther“ kurz ausschütteln und – hex, hex – aus dem Glatzkopf wurde ein Blondschopf, aus dem kranken Menschen ein gesunder. Ich war in Rekordzeit fertig, Carsten war beeindruckt. Vorher war es ein Desaster. Wenn ich weinerlich aus dem Bad rief „Schatz, meine Haare gehen heute gaaar nicht!“, wusste er, dass er den Mantel wieder ausziehen und sich wieder aufs Sofa setzen konnte – es würde nämlich bestimmt noch eine halbe Stunde dauern. Mein Guinness-Buch-verdächtiger Rekord lag bei sieben Minuten Badezimmerzeit all inclusive. Ich denke, dass jetzt jeder Mann seinen nicht vorhandenen Hut zieht und vor Respekt anerkennend durch die Zähne pfeift. Sie haben aber schon bemerkt, dass ich in der Vergangenheitsform – es war einmal – erzählt habe, oder? Richtig: Heute brauche ich wieder die Zeit, die Ihre Frau auch benötigt – oder noch länger.

Stimmt, vielen ist Miris neues Haar in dieser Zeit gar nicht aufgefallen. Aber natürlich gab es auch die klassischen Tritte ins Fettnäpfchen, wenn jemand zu ihr sagte: „Na, ‚Bad hair day'?"
„Na ja, eigentlich gar kein ‚Hair day' mehr", antwortete Miri.
„Oh Gott, was ist passiert?"

Und dann haben wir eben die Geschichte erzählt. Immer ganz schonend, weil dem Gegenüber die Story ohnehin schon unendlich peinlich war. Musste es aber nicht, woher sollte schließlich jeder wissen, was uns gerade passiert war.

Außerdem hatte ich selbst mal den Vogel abgeschossen, als mich der Verkäufer im Getränkemarkt während der Kieler Woche ankrächzte: „Na, Carsten, wie geht's?"
„Junge", sagte ich, „wie klingst du denn?
Einen gehabt gestern Abend?"
Da öffnete er die oberen beiden Knöpfe seines Hemds, eine Narbe kam zum Vorschein und er antwortete: „Nee. Krebs."

„Günther" war übrigens nicht nur für mich „Günther". Meine Eltern, meine Freundinnen – einfach alle übernahmen den Namen. Es hieß nur noch „Oh, am Wasser spazieren gehen – ich glaube, es ist kein ‚Günther-Wetter'. Es ist zu stürmisch." oder „Moment, ich mache das mal weg. Da ist irgendwas IN Günther – ein Tier oder ein Blatt." Übrigens blieb „Günther" den ganzen Tag auf meinem Kopf – vom Aufstehen bis zum ins Bett gehen. „Perückenmann" hatte mich extra darauf hingewiesen, dass man damit nicht schlafen, sich sogar nicht einmal anlehnen durfte. Ich tat es, denn er gehörte zu mir. Ich hatte ihn ja quasi dieser unbekannten Asiatin abgekauft. Also durfte ich mit ihm tun und lassen, was ich wollte. Der eine oder andere hat das nicht verstanden. Ohne ihn fühlte ich mich einfach nackt – und ich wollte partout nicht schlaftrunken aus dem Mittagsschlaf gerissen werden und aus Versehen glatzköpfig dem Paketdienst die Tür öffnen.

Binnen einer Woche war „Günther“ also mein bester Kumpel. Deshalb begleitete er mich selbstverständlich zur zweiten Chemo. Er sollte mir Mut machen, denn ich wusste gar nicht, was mich da erwartet. Die erste Chemo hatte ich schließlich noch im Klinikbett bekommen.

„Alle weiteren Chemos haben Sie dann teilstationär“, sagte „mein Prof“. Was? Diese Kliniksprache ist eine Welt für sich. Teilstationär heißt – zumindest was Chemo angeht –, dass man mit anderen Krebskranken gemeinsam in einem Raum in Sesseln sitzend seine Chemie bekommt. Ich sollte mich am Dienstag, den 05.02., um acht Uhr bei der Stationsschwester melden. Gesagt, getan. Diese brachte mich in den „Chemo-Raum“ und bat mich, mich ein wenig häuslich einzurichten. Also: Buch raus, Zeitschriften raus, iPod raus, Knabberkram raus, schnell ein Beistelltischchen gekrallt und den bequemsten Sessel ausgesucht, bevor andere Leidensgenossinnen im Raum aufschlugen. Dann ging das Warten los. Wenn man um acht Uhr vor Ort sein sollte, hieß das noch lange nicht, dass es mit der Chemo losging. Erst mal wartete man auf einen Arzt. Dieser musste einem Blut abzapfen. Damit war die erste halbe Stunde herum. Das Blut ging sofort ins Labor und wurde gecheckt. Damit war die zweite halbe Stunde herum. Dann präsentierte der Arzt einem fachkundig die Ergebnisse, als ob man gerade eine Bioklausur wiederbekommen hat: „Super Leuko-Wert, der Rest ist o.k. – die Werte reichen alle aus. Wir können die Chemie bestellen.“ Ich verstand nur Bahnhof. Die Chemie, die durch die Venen fließen sollte, konnte bestellt werden, weil alle Werte so prima waren?! Super – wieder eine halbe Stunde herum. Dann ging das Warten auf die Chemie los. Eine weitere Stunde verging. Vor halb 11 floss also gar nichts – außer Kaffee. Irgendwann kam der Arzt dann mit einer Wanne voller Beutel um die Ecke – das hieß: Es konnte endlich losgehen. Zuerst wurde der Port angestochen. „Dr. Blondi“ schob eine lange Nadel in die operierte Stelle am Schlüsselbein. Durch den dort angeschlossenen Schlauch schickte man als Erstes Wasser. Parallel kam der erste Chemiebeutel an den Tropf. So weit, so gut. Einziges Problem: Es lief nicht. „Dr. Blondi“ ruckelte an der Nadel. Aua. Es lief immer noch nicht. Ich sollte die Luft anhalten und mich vorne auf die Sesselkante setzen. Es lief. Ich konnte aber unmöglich die nächsten sechs Stunden in dieser Position, ohne Luft zu holen, verharren. „Dr. Blondi“ war ratlos. Sie piepte einen Kollegen an. Super, wieder warten. Bummelig eine weitere halbe Stunde später stand der Arzt vor mir. Ich wollte ihn erst fragen, ob er sich in der Klinik verlaufen hatte, hielt es aber doch für schlauer, den Mund zu halten. Auch er ruckelte an der Nadel, die in meinem Port steckte, herum. Ich musste aufpassen, dass ich nicht aus Versehen mit meinem Knie zwischen seine Beine haute. Er entschloss sich, die Nadel herauszuziehen. Auuuaaa! Das Problem war vor allem, dass die Nadel jetzt wieder reinmusste. Der Arzt würde sicherlich nicht entscheiden: „Ach, heute funktioniert es mit dem Port anstechen nicht, dann lassen wir das mit der Chemo.“ Er stach zu. Die Nadel war wieder drin und es fing an, zu tropfen. Erleichterung pur und weiter ging's im Takt. Jetzt nur noch knapp sechs Stunden und ich konnte wieder nach Hause. Jippieh. War doch ein Klacks.

Ist Ihnen eigentlich aufgefallen, dass ich immer „wir“ sage, wenn ich von Miris Krankheit spreche? Ich habe mir das so angewöhnt, nachdem unser Professor in unserem ersten Gespräch zu mir sagte: „Sie, Herr Köthe, Sie haben jetzt auch ein bisschen Krebs. Und alle um Sie herum haben auch ein bisschen Krebs. Der Mist ist nur, dass Ihre Frau die ganze Sache ausbaden muss.“

So habe ich dieses „wir“ in der Zeit angenommen. Nicht „Miri muss zur Klinik.“, sondern „Wir müssen zur Klinik.“, nicht „Miri muss zur Chemo.“, sondern „Wir müssen zur Chemo.“. Zur Chemo bin ich zum Beispiel nur dieses eine Mal kurz in die Klinik gefahren, um Miri zu besuchen. Ihr war das gar nicht so recht und den anderen Damen in dem kleinen Raum anscheinend auch nicht.

Anfangs habe ich mich übrigens gewundert, dass viele mich fragten: „Und – wie geht es Ihnen?“ Wie sollte es mir gehen? Ich war ja gesund. Es dauerte, bis ich begriff, dass Angehörige von Betroffenen ebenfalls als betroffen gelten. Also: „Wir“ hatten Krebs. Und die Chemo würde „uns“ helfen, ihn wieder loszuwerden.

Ganz ehrlich: Das Ätzendste an der Chemo war die lange Zeit, die man in der Klinik abhängen musste. Haben Sie schon mal einen ganzen Arbeitstag ohne Arbeit in einem Sessel gesessen und versucht, sich die Zeit zu vertreiben? Man konnte sich glücklich schätzen, wenn man nette Leidensgenossinnen bei sich sitzen hatte – nicht zu still, nicht zu sabbelig, nicht zu alt, nicht zu jung, nicht zu wehleidig. Ich hatte gleich beim ersten Mal Pech. Mir gegenüber saß Frau „Bitte-nicht-ansprechen-ich-beiße“. Ich: „Moin, mein Name ist ... Ich bin sozusagen Debütantin.“ (Den Mund der Dame umspielte nicht mal der Hauch eines Lächelns.) Sie: „Morgen. Na, dann herzlich willkommen.“ Ich also mit Versuch Nummer zwei, als „Plaudertasche“ von der Ärztin einen Venenzugang gelegt bekommen sollte: „Oh, ich sehe gerade: Sie haben gar keinen Port.“ Sie: „Um Gottes willen, nein. Davon hat mein Arzt mir SOFORT abgeraten – viel zu gefährlich. Was da alles passieren kann ... Außerdem unpraktisch und schmerzhaft." Mir stockte der Atem. Danke, du blöde Kuh. Da saß ich nun mit meinem gerade angezapften Port. Und mit dieser personifizierten Freundlichkeit sollte ich nun die nächsten sechs Stunden verbringen? Herzlichen Glückwunsch. Nach wenigen Minuten merkte ich wenigstens, dass es nicht persönlich gemeint war. Ihr Venenzugang war kaum gelegt, da schnauzte sie nämlich auch „Dr. Blondi" von der Seite an: „Also, das letzte Mal haben Sie das besser gemacht. Heute zwickt es, egal wie ich meinen Arm halte." Ich hätte nicht gedacht, dass ich mich jemals bei einer Chemo „fremd schämen" müsste. Ich tat es gleich an diesem Tag. Mein letzter Versuch mit „Lady Blödkuh": „Möchten Sie die Bild-Zeitung lesen? Ich hab' sie nämlich durch." Sie mit einem milden Lächeln auf den Lippen: „Danke, nein, so was lese ich nicht." Rums. Das saß. Unverschämte Zicke. Stunden später dann folgende Situation: Visite. „Mein Prof" und sein Team betreten den Chemo-Raum. Er zu mir: „Hallo Frau Köthe. Oh, wie schön, da kann ich endlich mal gucken, was die Headline ist. Ich bin heute noch nicht zum Lesen gekommen." Er griff zur Bild-Zeitung. Ich konnte mir ein Lächeln in Richtung meines Gegenübers nicht verkneifen. Blöde Kuh, da hast du's!

Zeitung lesen, Zeitschrift blättern, Keks essen, Tee trinken, Zeitschrift noch mal blättern, Buch lesen, Musik hören und noch mal einen Keks in den Mund schieben ... Irgendwann war der erste Beutel mit Chemie alle. Die Schwestern guckten stetig nach einem, um zu sehen, wann sie einen neuen Beutel holen mussten. Beutel Nummer zwei (der mit der Flüssigkeit, die aussah wie leckerer Traubensaft) wurde mir mit den Worten „Während der durchläuft, dürfen Sie nicht aufstehen. Sie sollten deshalb jetzt noch mal schnell auf die Toilette gehen“ angehängt. Ich antwortete: „Ach, ich muss jetzt gar nicht. Das passt schon.“ Fataler Fehler. Die Flüssigkeit lief noch keine zehn Minuten in mich hinein, da dachte ich, meine Blase würde platzen. Auf einmal hatte alles mit Flüssigkeiten zu tun: Ich schaute aus dem Fenster: Es regnete. Ich schaute auf meinen Beistelltisch: Da stand meine Tasse Tee. Ich blätterte in Zeitschrift eins und fand Cocktailrezepte. Ich schlug Zeitschrift zwei auf: ein Bericht über die Niagara-Wasserfälle. Schluss, Ende, aus. Schweißgebadet rief ich die Schwester. Logischerweise habe ich Ärger bekommen – zu Recht. Die Chemiezufuhr wurde gestoppt und ich wurde abgestöpselt – ein unnötiger Aufwand. In einem olympiareifen Tempo rannte ich zur Stationstoilette. Besetzt. Nach Sekunden, die mir vorkamen wie Stunden, ging die Tür auf. RETTUNG! Das Schlimme: Kaum war ich wieder angestöpselt und „der rote Saft“ lief, hatte ich das Gefühl, ich musste wieder. Eine Viertelstunde später wusste ich, dass es nicht nur ein Gefühl war. Der Beutel war aber glücklicherweise schon zu zwei Drittel leer und ich beschloss, die Zähne zusammenzubeißen. Die Schwestern erklärten später, dass es normal sei. Man solle bei der Chemo grundsätzlich viel trinken, damit sich die Chemie besser verteile. Damit senke man auch die Nebenwirkungen. Zusätzlich bekam ich nahezu während der ganzen Chemo Wasser über den Tropf. Eine ziemlich unglückliche Konstellation: Flüssigkeit von oben – und zwar sekündlich. Irgendwann lernte ich, damit umzugehen. Heute bin ich einer der besten Pipi-Anhalter der Krebswelt. Ich kann auf Mallorca müssen und erst zu Hause in Kiel auf die Toilette gehen. Ehrlich. Fast hätte ich vergessen, zu erwähnen, dass dieser „rote Beutel“ noch eine ziemlich blöde Nebenwirkung hatte. Die Schwestern sagten beiläufig beim Anschließen des Beutels: „Es könnte sein, dass Sie ein bisschen müde werden.“ Ich noch zu der Schwester: „Ich schlafe im Sitzen NIE ein, denn ich kann im Sitzen gar nicht schlafen.“ Nach meinem Toilettengang hatte ich das Gefühl, mir hätte jemand eine komplette Zehnerpackung Schlafmittel in mein Getränk gebröselt. Ich verlor schließlich den erbitterten Kampf gegen meine Augenlider und wachte auf, als eine Schwester eine ihrer Kontrollvisiten bei uns machte. Ich hätte im Boden versinken können. Nicht nur, dass mir Sabber sichtbar auf meinen Pulli gelaufen war, ich konnte auf ihre Frage „Na, doch ein kleines Nickerchen?“ nicht mal antworten, da ich schon wieder eingeschlafen war. PEINLICH!

Irgendwann waren alle drei Beutel durchgelaufen und ich wieder wach. Endlich fertig? Pustekuchen. Es musste noch mal ein Beutel Wasser durchlaufen. „Aber den können wir etwas schneller stellen“, sagte die Schwester. Zwanzig Minuten später wurde ich abgestöpselt. „Endlich nach Hause, hoffentlich geht's mir nicht schlecht“, war mein Gedanke. Also ab ins Taxi. Zu Hause hatte Carsten mir wieder das Sofa zurechtgemacht – mit allem, was das Herz begehrt, sogar mit der Fernbedienung für den Fernseher und Premiere. Ich tat ihm leid. Das nutzte ich schamlos aus. Unnötig zu erwähnen, dass ich beides seit ich gesund bin nie wieder zur „freien Verfügung“ hatte. Leider hatte ich an den Chemo-Tagen nichts davon. Ich habe kaum auf dem Sofa gelegen, schon habe ich den Dornröschenschlaf geschlafen – mit dem Unterschied, dass Dornröschen mit Sicherheit nicht bis zu sechsmal nachts auf Toilette musste und geschwitzt hat, als wäre sie in einer finnischen Sauna. Mir lief das Wasser in Sturzbächen über den

Körper. Aber ganz ehrlich: Mit beidem konnte ich leben. Hauptsache, mir war nicht schlecht und ich hatte nicht irgendwelche fiesen Schmerzen. Mir war zwar latent kodderig, aber ich nahm prophylaktisch eine Tablette – und alles war gut.

Miri schlief in der Zeit oft unten auf dem Sofa. Abends, wenn ich ins Bett musste, war sie natürlich noch nicht müde. Morgens um 3.45 Uhr öffnete ich immer ganz leise die Tür zum Wohnzimmer: „Hast du geschlafen?“
„Nicht wirklich.“
„Brauchst du etwas?“
„Nein danke. Mach ’ne schöne Sendung.“

Dann bin ich losgefahren zu R.SH. Es fiel mir komischerweise nicht schwer, der fröhliche Morgen-Moderator zu sein. Gewiss, Miri war schwer krank und unser Leben gerade einmal auf den Kopf gestellt worden, aber die Sendung war für mich eine willkommene Ablenkung. Ein paar Stunden am Tag habe ich nicht an unsere Krankheit gedacht. Außerdem bin ich, glaube ich, auch ein bisschen so erzogen worden. Mein Vater starb vor Jahren an einem Mittwochabend. Ich sagte meiner Mutter am Telefon: „Ich komme sofort nach Hause.“ Sie erwiderte: „Und was ist mit deinen Hörern? Außerdem ist eine Freundin bei mir. Mach morgen deine Sendung und komm dann ganz in Ruhe.“

Wir erinnerten uns am Tag drauf an eine Freundin unserer Familie, die viele Jahre an Theatern in Schleswig-Holstein gesungen hatte. Eines Mittags erhielt sie die Nachricht vom Tod ihres Mannes. Da am Theater so schnell kein Ersatz zu finden war, musste sie abends auf der Bühne stehen und singen – und dann auch noch in der Operette „Die lustige Witwe“.

Auch an Tag eins und zwei nach der Chemo ging’s mir gut. Meine Eltern (haben massenhaft Zeit, da sie Rentner sind, Tschuldigung, FRÜHrentner) kamen jeden morgen um acht Uhr, um mir zu helfen. Das war beruhigend. Ich musste zum einen keine Angst haben, alleine zu sein, falls ich beim Duschen doch mal Kreislaufprobleme bekomme, und ich hatte zum anderen jeden Morgen einen Ansporn, aufzustehen. Ich ging jeden Tag zum Bäcker und deckte zu acht Uhr den Frühstückstisch. Auf dem Weg zum Bäcker kam ich immer an meiner Bank und meiner Blumenfrau vorbei. Ich grüßte jeden Tag winkend in beide Geschäfte. Irgendwann fragte ich mich, was die wohl alle denken würden, wenn ich auf einmal jeden Tag wie ein Uhrwerk um kurz vor acht an ihnen vorbeiwackelte. Das hatte ich in den zehn Jahren, die ich quasi nebenan wohnte, noch nie gemacht. Ich entschloss mich zum Frontalangriff. Gleich am Tag nach diesen Gedanken erlöste ich alle von ihrer Neugier. Ein schlichtes „Ich bin nicht arbeitslos, aber Sie werden mich jetzt häufiger sehen, weil ich Krebs habe und krankgeschrieben bin.“ – und alles war geklärt. Wunderbar, das hatte ich also auch vom Tisch.
Nach Chemo zwei begann das Warten auf Tag drei – falls Sie verstehen, was ich meine. Das Warten auf den Tag, an dem es mir – laut Muttis fundiertem Halbwissen – schlecht gehen sollte. Tag drei, morgens um acht: Alles war gut. Erleichterung. Nur mein Geschmackssinn veränderte sich langsam aber sicher wieder. Bäh. Dafür nahm der Geruchs-

sinn zu. Auch bäh. Also alles wie gehabt.
Mir wurde langweilig. So langsam musste ich mir eine Aufgabe suchen, eine Tagesaufgabe – irgendetwas, was ich erledigen konnte. Ich knüpfte mir die Küche vor. Ich räumte sie aus, sortierte sie aus, wischte sie aus und räumte sie wieder ein. Zwischendurch legte ich mich immer mal hin. In den kommenden Tagen folgten: Schlafzimmer, Bad und das Wohnzimmer. Ich war glücklich und doch unglücklich: Bevor ich bestimmte andere Räume putzen und aufräumen konnte, musste renoviert werden. Carsten zeigte mir einen Vogel und sagte: „Du bist krebskrank und nicht bei den Dreharbeiten zu ‚Schicker wohnen.“ Also habe ich meine Eltern angerufen – beides begeisterte Hobbyheimwerker, die stetig etwas werkeln müssen und kaum stillsitzen können. Sie waren begeistert – zumindest haben sie mir gegenüber so getan. Die Planungsphase begann bereits am nächsten Tag (ich bin nämlich leider kein besonders geduldiger Mensch). Farben auswählen, Ikea-Katalog wälzen, Skizzen für eine Gestaltung unseres „Rumpelzimmers“ entwerfen. Das Projekt nahm schnell Form an. Ich hatte endlich wieder eine Aufgabe und war glücklich, obwohl ich krebskrank war.

Und ich? Während Miri mit ihren Planungen beschäftigt war, hatte ich Zeit für Dinge, die ich sonst gerne vor mir herschob. Zum Beispiel sortierte ich Dateien mit unseren Urlaubsfotos. Wir verreisen oft in der ersten Januar-Woche, dieses Mal waren wir bereits im Dezember für ein paar Tage nach Mallorca geflogen. Dementsprechend war die Urlaubskasse leer und die freien Tage waren auch aufgebraucht.
Wir hatten traumhafte Tage. Ich gucke mir heute manchmal

unsere Bilder an und versuche herauszufinden, ob man Miri den Krebs, der in ihr schlummerte, ansehen kann. Kann man aber nicht. Wir beide vor der Kathedrale in Palma, wir beide in Port d'Andratx, wir zwei an irgendeiner Strandpromenade – glückliche Momente – nix zu sehen von Krankheit.

In der zweiten Woche nach der Chemo drehten mein Geschmacks- und Geruchssinn erneut völlig durch: Ich war gemeinsam mit meiner Freundin Putzi bei unserer gemeinsamen Freundin Stemmi in Neumünster eingeladen. Wir betraten das Haus und der Gestank verschlug mir die Sprache. Ohne mir meinen Ekel anmerken zu lassen, versuchte ich, mich zu akklimatisieren. Es war aber unmöglich. Wir setzten uns an den Tisch – da lächelte der Übelgeruch mich quasi an: eine Käseplatte. Stemmi: „Miri, ich habe die Frau am Käsetresen extra gebeten, Käse auszusuchen, der nicht so stark riecht." Das meinten sie ernst – Stemmi sowie die Käsetante. Ganz ehrlich: Die Dame sollte dringend zum Fleischtresen wechseln. Es stank barbarisch! Wir haben Tränen gelacht und den Käse in den eh schon geruchsverseuchten Kühlschrank zurückgestellt. Wie hatte ich mich auf dieses gemeinsame Frühstück gefreut. Es war auch toll, aber wir hätten uns auch nur zum Quatschen treffen können. Ich schmeckte sowieso nichts: Brot, Marmelade, Ei, Fleischsalat – alles war nur Masse. Mit Getränken war es noch schlimmer. Kaffee ging gar nicht, Wasser schmeckte nur nach Eisen, Säfte nur süß oder bitter. Ich glaube, ich war der einzige Mensch, der freiwillig ohne Erkältung wochenlang Kamillentee getrunken hat. Der war nämlich halbwegs genießbar. Wir gackerten, ich erzählte von meinen ersten Chemos, ich nahm bei Schwitzattacken meine Perücke ab. Dann planten wir den nächsten Mädelsabend und unser Mädchenwochenende zum Surf World Cup im September auf Sylt. Ich entschied, dass ich zu Letzterem wieder gesund sein würde. Ich hatte ein Ziel: den Surf World Cup. Ansonsten war alles wie immer. Das mag für die meisten Menschen nach einem langweiligen Abend klingen. Ich meine es als Lob. Es gab während meiner ganzen Krankheitszeit nichts Schöneres, als wenn etwas war wie immer. An dieser Stelle möchte ich „meinen Mädels" Inga, Insa, Putzi und Stemmi (in alphabetischer Reihenfolge, damit es keine Tränen gibt) ausdrücklich danken. Dafür, dass sie mir während der gesamten Krankheitszeit immer zugehört, mich aber trotzdem normal behandelt und integriert haben und – ganz wichtig – mich immer mit eingeplant haben. Für mich war das wichtig. Ich wollte nicht bemitleidet werden, da ich mich nicht bemitleidenswert fand. Ich wollte überall dabei sein. Ich wollte einfach nur Normalität. Das habt ihr prima hinbekommen, Mädels, und ich kann mir denken, wie schwer es manchmal war. Erst vor Kurzem erfuhr ich zum Beispiel, dass alle vier schon Tage nach meiner Diagnose selbst zur Vorsorgeuntersuchung gegangen sind – verständlicherweise mit schlotternden Knien. So etwas haben sie einfach von mir ferngehalten. Stattdessen haben wir weitergemacht wie immer. Auf Mädelsabenden haben sie mir sogar wie selbstverständlich ein Proseccoglas in die Hand gedrückt – mit alkoholfreiem Prosecco.

Ja, die Mädels, die haben die ganze Geschichte mit Miri toll gemeistert. Aber nicht nur sie, jeder einzelne hat irgendwie seinen ganz persönlichen Weg gefunden, um uns zu zeigen, dass er an uns dachte. Unser Kumpel Michael zum Beispiel war einer der ersten, der abends spontan bei uns klingelte. In der einen Hand hatte er einen Obstkorb, in der anderen drei Jonglier-Bälle. „Das eine ist gut für die Vitaminzufuhr und das andere gut für die Nerven."

Andere Freunde schickten uns einen Blumenstrauß und eine Karte auf der stand: „Mist. Wir würden gerne anrufen, aber wir wissen nicht, was wir sagen sollen. Deshalb erst mal nur die Blumen." Wir fanden das toll. Und ehrlich: Bevor wir krank wurden, waren wir auch nicht gerade die Weltmeister im richtige Worte finden.

Die Woche nach dem Frühstück bei Stemmi wollten Carsten und ich uns ein schönes Wochenende bei Schwiegermutter machen. Sie heißt Christa, war damals 78 Jahre alt und wohnt in einem Stadthaus mit Gästezimmer in Ratzeburg. Sie ist die tollste Schwiegermutter der Welt und eine absolute Frohnatur, die selten bis nie jammert. Ein Wochenende bei ihr genossen wir wie einen Kurzurlaub. Dazu ist Ratzeburg ein traumhaft schöner Ort: der Dom, die Seen, die Wanderwege – mehr fürs Auge geht nicht. Wenn wir übers Wochenende in Ratzeburg waren, sind Carsten und ich normalerweise schon vor dem Frühstück um den See gejoggt. Nun war ich krank. Blöd, wo wir doch solche Gewohnheitstiere sind. Was nun? Ausschlafen? Nix da. Fortan sind wir um den „Spucknapf" (so nennen die Ratzeburger diesen See) spaziert. Auch schön. Hauptsache alles ist wie immer.

Miri ging es natürlich alles nicht schnell genug voran. „Ich würde gerne mal wieder joggen. Ich bin ungeduldig", sagte sie, wohl wissend, dass die Kraft fürs Laufen nie und nimmer reichen würde. Ich erinnerte Miri dann immer an den allerersten Spaziergang nach der Port-OP und der anschließenden Chemo. Wir schafften circa 500 Meter, danach sackte Miri mit letzter Kraft aufs Sofa und schlief vor Erschöpfung ein. Erst drei Stunden später wachte sie auf. „Denk mal dran, wie kaputt du damals warst und wie fit du heute schon wieder bist", sagte ich, hakte Miri unter und wir gingen – wie alte Leute – spazieren.

An diesem Wochenende war Christa mit Sicherheit noch aufgeregter als sonst, dass wir sie besuchten. Sie hatte mich seit Ausbruch der Krankheit nämlich noch nicht gesehen. Wie alle anderen war sie begeistert von „Günter". Auch „oben ohne" zuckte sie nicht einmal zusammen und strich mir sofort über die Platte. Sie hatte keinerlei Berührungsängste. Ansonsten kann ich mich an dieses Wochenende nicht mehr erinnern. Und das heißt: Es war genauso schön und unkompliziert wie immer. Wir waren spazieren, Christa und Carsten ließen wie üblich die 70er Jahre mit „Edle Tropfen in Nuss" aufleben, Christa erzählte den neuesten Tratsch aus dem Ort und es gab wie immer Hühnerfrikassee (Christa macht das weltbeste).
Die Woche darauf kam langsam aber sicher mein Geschmackssinn wieder. Leckere „Tortellini a la Panna" (die 73, zusätzlich mit Champignons) bei Toni, Cola trinken, Schokolade naschen ... LECKER! Gerade hat man sich dran gewöhnt, empfindet den Zustand als normal, steht was im Kalender? Ich zitiere hieraus: „Dritte Chemo, acht Uhr Klinik, wiegen nicht vergessen." Die Wage zeigte 56 Kilo – mein bisheriges Höchstgewicht. Welch Wunder, wenn man sich eine Woche lang von Tortellini,

Pizza und Hamburgern ernährt. Aber egal: Nach meiner Gift-Dröhnung war ja ziemlich schnell wieder Schluss mit leckerem Essen.

Jippieh, Bergfest! Wobei: Ich konnte ganz ehrlich nicht sagen, dass ich ungern zur Chemo gefahren bin. Klingt jetzt ein wenig „krank“, weiß ich. Ich meine damit nur, dass ich weder Angst noch sonst was hatte. Es nützte ja eh nichts – ich MUSSTE das Gift bekommen. Und je eher daran, desto eher davon. Es war lediglich eine gute Vorbereitung gefordert. Mein iPod sowie mein Handy mussten aufgeladen werden (extrem wichtig), ich brauchte mindestens zwei Zeitschriften – vorzugsweise eine Klatsch- und eine Modezeitschrift – und ein Buch (mittelwichtig). Ich brauchte Verpflegung: Kekse, Schoki, belegte Brötchen, Obst (extrem wichtig: Ich hatte meinen Magen nach der letzten Chemo schließlich mühevoll an all das wieder gewöhnt – und bald war erneut Schluss damit). Außerdem einpacken: dicke Socken, Halstuch, kleine Decke (wichtig, da man während der Chemo friert wie ein Schneider), Notizbuch mit den Fragen an „meinen Prof“ (eigentlich unwichtig – habe ja eh vergessen, zu fragen, wenn er vor mir stand). Und mein Taxi vorbestellen. Eigentlich ist Jürgen „unser Taxifahrer“. Wenn wir ein Taxi benötigen, weil wir zu einer Party fahren wollen, rufen wir immer Jürgen an. Auf ihn ist grundsätzlich Verlass und er kennt uns aus dem Effeff. Wir pflegen mittlerweile ein freundschaftliches Verhältnis. Da Jürgen aber nicht täglich fährt, hat er mir Micha empfohlen. Micha war also nun mein „Krebs-Taxifahrer“. Die Krankenkasse hat mir während der Krankheitszeit Krankenfahrten bezahlt. Micha war immer pünktlich und gut gelaunt. Er hat mir von seinen Hunden erzählt (Border Collies) und was sonst so los war in seinem Leben. Er wusste, dass er mich zur Chemo fuhr. Wir sprachen aber nie darüber. Nur auf den Rückwegen fragte er mich, wie es mir geht. Wenn ich sagte, dass ich müde sei, ließ er mich auf der Fahrt in Ruhe. Dafür bin ich ihm sehr dankbar. Einen besseren Taxifahrer als Micha hätte ich nicht haben können.

Die dritte Chemo war schon fast Routine: Platz suchen, Platz heimisch einrichten, Blut abnehmen lassen, Kaffee holen, Port anstechen lassen. Das Malheur mit Letzterem wurde leider auch Routine. Die Nadel wurde ins Fleisch gestochen, der Schlauch angeschlossen, aber das Einzige, was tropfte, waren die Tränen in meinen Augen – vor Schmerz und Wut, weil der Port wieder zickte. Erneut wurde ein zweiter Arzt angepiept. Das Warten auf den Arzt empfand ich als Schonfrist. Als er kam, war dann mein einziger Gedanke: „Bitte bring es zum Laufen." Gleiches Spiel wie beim letzten Mal: auf die Sesselkante setzen, Luft anhalten bis ich blau anlief – dann ging es. Sowie ich mich bequem hinsetzte und normal atmete, tropfte es nicht mehr. Scheiß Ding. Ich war schwer genervt und wurde nicht müde, es kundzutun. Nach weiterem schmerzhaften Herumruckeln der Nadel funktionierte es irgendwann, die Chemie war da und es konnte losgehen. Ab und an saßen mir für die eine oder andere Stunde andere Frauen gegenüber, aber irgendwie hatte niemand außer mir einen „Acht-Stunden-Chemo-Tag" und die Frauen waren alle so furchtbar alt. Ich beschäftigte mich also alleine. Ich hatte ja meine Zeitschriften, mein Buch, meinen iPod und mein Handy. Apropos Handy: Großer Gott, hatte ich in meiner Krankheitszeit hohe Handyrechnungen. Ich finanzierte mindestens den Arbeitsplatz eines Angestellten meines Telefonanbieters. So hatten meine Rechnungen vielleicht wenigstens einen schönen Nebeneffekt. Es müsste eine Krankenflatrate geben. Die Werbung hierfür könnte so aussehen: „Sie sind krebskrank und hängen viel in Krankenhäusern ab – abgeschottet von der Außenwelt? Mit unserer Schwerkrankenflatrate für 9,99 Euro können Sie von drinnen so viel Sie wollen nach draußen smsen. Unsere Schwerkrankenflatrate ist Ihre Verbindung ins Leben!" Ich schrieb während jeder Chemo eine Sammel- SMS an meine besten Freunde (so circa zwanzig). Hier ein Beispiel: „Dritte Chemo. Alles so weit in Butter. Nur der Port lief wieder nicht. Kotz. Wer Zeit haben sollte: freue mich die nächsten acht Stunden über jede SMS. Hab' ab morgen erst mal wieder Handy aus. Bussi aus dem Chemoraum. Die Verseuchte." Ich wollte was von mir hören lassen, nicht in Vergessenheit geraten, zeigen, dass sich niemand Sorgen um mich machen musste und mir natürlich die Zeit vertreiben. Minuten nach meiner Sammel-SMS machte es schon „piep, piep" – ich bekam eine SMS mit lieben Grüßen und guten Wünschen nach der nächsten. Wunderbar. Lief doch. Irgendwie bekam ich auch diese acht Stunden wieder herum und konnte Micha anrufen. Ich weiß noch, dass ich nach dieser dritten Chemo extrem müde war und ein noch extremeres rotes und heißes Gesicht hatte. Aber wie gesagt: Es war schon das BERGFEST ... Nur noch drei weitere Chemos, dann konnte ich hinter diesen Part einen Haken setzen.

Wissen Sie übrigens, woher wir bis zu dem Zeitpunkt, als Miri krank wurde, unsere meisten Infos über Krebs herhatten? Nicht lachen jetzt – aus dem Fernsehen. Miri liebt Serien: „Grey's Anatomie", „Desperate Housewives" und „Sex and the City". Und in jeder dieser Serien erkrankt eine Hauptdarstellerin an Krebs. Bei „Sex and the City" war es Samantha, die in den Folgen manchmal vom Tisch aufstand, um sich zu übergeben. In einer anderen Szene hielt sie eine Rede vor anderen

Frauen, bekam plötzlich eine Schwitzattacke und riss sich die Perücke vom Kopf, etwa mit den Worten: „Verdammt, mach mal einer die Heizung aus hier! Oder ist das 'ne Sauna?“

Die Einträge in meinen Mickey-Mouse-Krebskalender der Tage nach der dritten Chemo: „Rotes Gesicht, Schüttelfrost, kodderig, wackelig auf den Beinen, nachts geschwitzt.“ Was schließen wir daraus? Genau: Es war zu ertragen. Wäre es mir richtig schlecht gegangen, hätte ich es ungefähr so beschrieben: „Speiübel, tagsüber ging gar nichts, heftige Schmerzen.“ Ich bin nämlich eigentlich ein echt wehleidiger Mensch. Fragen Sie Carsten – ach nee, der ist ja noch schlimmer. Fragen Sie am besten meine Eltern.

Nach der dritten Chemo ging das Projekt „Schicker wohnen“ weiter. Gemeinsam mit einem Freund strich ich das Wohnzimmer zweifarbig. Als ich Carsten vorschlug, die gesamte Wand hinter unserem Fernseher in einem fröhlichen Anthrazit zu streichen, hat er gedacht, dass es ein Witz sei. War es aber nicht. Er kam nach Hause und die Wand war fast schwarz. Es sah super aus. Er gab zu, dass es ihm auch gefiel (sehr selten!) – und von da an ließ er mir tatsächlich freie Hand in Sachen Farbgestaltung. Das hätte er lieber nicht machen sollen.

Anderthalb Wochen nach dieser dritten Chemiezufuhr (mein Geschmackssinn war schon wieder futsch) hatte ich meinen ersten und einzigen Krebskurs. Von Anfang an hatte ich mir geschworen, nicht an irgendwelchen Kursen à la „Brustkrebs, was nun“, „Wie binde ich Glatzentücher richtig“ oder „Brustkrebs – was Sie dürfen und was nicht“ teilzunehmen. Dieser Kurs war was anderes und klang so attraktiv, dass ich mit meinem festen Vorsatz ausnahmsweise brechen musste. Eine Schwester wies mich auf ihn hin: ein Schminkkurs für Krebskranke. Das war doch mal was Ordentliches. Ein schöner Tussi-Kurs. Unter Anleitung antuschen. Super. Der Schminkkurs wurde von einer gemeinnützigen Gesellschaft angeboten, die sich „DKMS LIFE“ nannte. Sie „tourte“ durch Deutschlands Krankenhäuser. Eine Visagistin einer der großen Kosmetikhersteller erklärte einem anhand von für jeden Teilnehmer zur Verfügung gestellten Kosmetikartikeln (wer ist bitte nicht geil auf Kosmetikproben?!), wie man sich als Krebskranke schminken kann. Schon zweimal hatte ich versucht, mich bei dem Kurs, der in meiner Klinik monatlich stattfand, anzumelden. Der Kurs schien offenkundig der Kracher zu sein, denn beide Male war er schon komplett ausgebucht. Auch Jammern nützte nichts, denn es gab bereits eine Warteliste. Beim dritten Versuch hatte es geklappt. Es war sozusagen ein vorgezogenes Geburtstagsgeschenk. Der Kurs fand am 06.03.08 statt – zwei Tage später sollte ich 38 Jahre alt werden.

Ich freute mich riesig auf den Tussikurs. Zum einen auf die versprochenen Pröbchen, zum anderen sollte einem gezeigt werden, wie man sich am geschicktesten schminkt, wenn man Augenbrauen und Wimpern verloren hat. Das war bei mir glücklicherweise nicht der Fall. Ich hatte ja auch eine Wette mit „Dr. Brille“ aus meinem „Grey's Anatomie“-Team laufen. Ich war mir sicher, dass ich beides behalte. Er war sich sicher, dass ich beides noch verlieren werde. Sein medizinisches Verständnis stand gegen mein positives Denken. Ich wollte auch diesen Kampf gewinnen.

Schon im Eingangsbereich der Frauenklinik stand eine Schwester der Marke „lieb und verständnisvoll" und lotste uns in den Raum, in dem der Schminkkurs stattfinden sollte. Wir waren zu neunt. Sechs krebskranke Frauen, die Schwester, eine Friseurin und eine Visagistin. Wieder einmal erhoffte ich mir, endlich eine nette, ungefähr gleichaltrige Leidensgenossin kennen zu lernen. Aber erneut waren alle Frauen viel älter als ich. Aus heiterem Himmel überkam mich die Angst. Die Ärzte hatten zwar angedeutet, ich sei im Schnitt zu jung für Brustkrebs, doch dieser Kurs führte mir nun deutlich vor Augen, dass mein Fall nicht alltäglich war. Die Erkenntnis schnürte mir die Kehle zu. Ich trank einen Tee, um mich abzulenken. Ich sah mich um: Auf dem Tisch standen sechs Schminkspiegel und an den Sitzen hingen gelbe Umhängetaschen. Als wir diese öffneten und den Inhalt auf den Tisch kippten, war die Welt wieder in Ordnung. Wie schnell und toll man Frauen doch ablenken und beeindrucken kann. Es kam mir vor wie Geburtstag und Weihnachten zusammen. Rouge, Wimperntusche, Tagescreme, Lippenstift – aus der Tasche rieselten nur so die Kosmetikprodukte. Und zwar in Originalgröße. Wahnsinn, was für ein vorzeitiges Geburtstagsgeschenk. Es versprach ein traumhafter Nachmittag zu werden.

Da saß ich nun vor dem Schminkspiegel. Die Frau mir gegenüber lächelte mich an. Ich lächelte schüchtern zurück. Die Schwester reichte Abschminktücher herum. Wir sollten uns schließlich mit unseren neuen Produkten frisch anmalen. Sie bot allen Teilnehmern Spangen an, um das Haar bzw. die Perücken wegzustecken. Alternativ könnten wir die Perücken selbstverständlich auch abnehmen. Sie hatte es noch nicht ganz ausgesprochen, da lag „Günther“ schon vor mir auf dem Tisch. Alle starrten mich an. Das ging ihnen offenkundig zu schnell. Nur die nett lächelnde Frau von gegenüber saß wie ich „oben ohne“ da. Von diesem Moment an wusste ich, dass ich endlich eine „Krebsfreundin“ gefunden hatte. Wir kamen sofort ins Gespräch, erzählten uns unsere Geschichten und gackerten. Sie war wie ich. Sie haderte nicht mit ihrem Schicksal, sondern machte aus allem das Beste und war dabei fröhlich. Sie hatte ebenfalls Brustkrebs, war aber schon operiert. Dafür hatte sie aber erst ihre zweite Chemo hinter sich. Perfekt. Mittlerweile saßen auch alle anderen Frauen ohne „Tuffi“ da. Glatzenparade. Kojak-Club. Witzig. Meine Sitznachbarin sprach mich an: „Also, ganz ehrlich: Ich hätte nie gedacht, dass DAS, was sie da auf dem Kopf hatten, 'ne Perücke ist.“ Ach deshalb hatten mich alle so angestarrt. Ich empfahl „Perückenmann“ sofort weiter und dankte ihm gedanklich wieder einmal für „Günther“.

Los ging's: Wir schminkten uns, die Kosmetikerin ging herum und zeigte Tipps und Tricks. Alle Frauen tauten auf. Egal wer wie krank war: Alle waren fröhlich und in Quassellaune. Nach zwei Stunden waren wir uns alle einig: Es war ein wunderschöner Nachmittag und wir fühlten uns alle wunderhübsch. Am Ende ging ein Spendentopf von „DKMS LIFE“ herum. Alle spendeten großzügig. Ich glaube, dass alle das Gleiche dachten: Dieses tolle Projekt musste am Leben erhalten werden. Es lenkte von der Krankheit ab und gab Selbstvertrauen. Letzteres brauchte man dringend, wenn man bis zu ein Jahr ohne jegliche Körperbehaarung durchs Leben lief. Hierzu möchte ich noch kurz ergänzen: Mittlerweile unterstützt auch der Kosmetikkonzern Douglas die gemeinnützige Gesellschaft. Sollten Sie dort irgendwann mal an der Kasse stehen: Irgendwo auf dem Tresen steht eine durchsichtige Spendenbox von „DKMS LIFE“. Bitte werfen Sie einen Euro hinein. Es ist wirklich eine gute Sache, die unterstützt werden muss. Wenn Sie noch mehr über den Verein wissen möchten, klicken Sie doch einfach mal auf deren liebevoll gestaltete Internetseite: www.dkms-life.de.

Am Samstag hatte ich dann Geburtstag. Wie immer fragte meine Familie vorher: „Was wünschst du dir denn?“ Meine Antwort: „Gesundheit.“ Ich fand das witzig. Meiner Mutter schossen die Tränen in die Augen. Ich glaube, manchmal war es für meine Familie und meine Freunde schwer, mit meiner Art von Humor umzugehen. Carsten und ich machten ständig solche Witze. Er sagte zum Beispiel, als ich meinen Behindertenausweis beantragte: „Cool, hoffentlich können wir dann auf Behindertenparkplätzen parken. Dann wäre unser Parkproblem zur Kieler Woche gelöst.“ Die Kieler Woche ist eine der größten Segelveranstaltungen der Welt mit cooler Partymeile. Alle Kieler lieben sie. Endlich mal ein Volksfest in dieser sonst eher öden Stadt. Sie ist immer Ende Juni, geht zehn Tage lang und ist in dieser Zeit täglich für jeden Kieler ein MUSS. Wenn da bloß nicht dieses leidige Parkplatz-Thema wäre. Unnötig zu erwähnen, dass wir auch weiterhin im Umkreis von zehn Kilometern einen Parkplatz suchen mussten, denn mit Brustkrebs bekam man zwar einen Behindertenausweis allerdings einen ohne Parkberechtigung. Ein anderes Mal scherzte Carsten: „Ich bin echt neidisch. Mit so einem Behindertenausweis darfst du im Bus bestimmt ganz vorne hinterm Busfahrer sitzen.“ Ha, ha, ha! Ich dagegen spielte bei ihm fast täglich aus Gag meine „Krebskarte“ aus.

Wenn die Getränke im Kühlschrank leer waren, jagte ich Carsten mit den Worten „Wir haben keine Getränke mehr oben und du wirst ja wohl nicht deine krebskranke Frau in den Keller jagen ..." nach unten.

Klingt alles ziemlich normal, oder? Ob Sie es glauben oder nicht, unser Leben war auch normal. Natürlich hatten wir Glück im Unglück: Miri und ich, wir hatten immer schon gerne viel Zeit miteinander verbracht, hatten unsere gemeinsamen Hobbys und waren auch fernsehmäßig auf einer Linie (mal abgesehen von Fußball ...). Mein Beruf als Frühaufsteher war in dieser Zeit absolut von Vorteil. Ich war mittags zu Hause und konnte bei Miri sein. Ich habe mir oft vorgestellt, wie unser Jahr ausgesehen hätte, wäre ich ein wichtiger Geschäftsmann, der heute hier und morgen dort sein muss. Oder ein Mitarbeiter im Außendienst, der auf Provisionsbasis seine Kunden bereisen muss. Heißt: wenn zur Sorge um die kranke Frau auch noch Probleme im Job hinzugekommen wären. Wir waren dankbar für unsere Situation. Mal abgesehen davon, dass es bei Miris Renovierungstätigkeit zu Auseinandersetzungen kam, was Möblierung und Farbauswahl (!) betraf.

An meinen 38. Geburtstag kann ich mich nicht mehr erinnern. Wir erinnern uns, was das im Umkehrschluss heißt: Richtig, er war wie immer bzw. normal – also schön. Wichtiger war mir aber in dieser Zeit was anderes: das Projekt „Schicker wohnen". Es ging nach meinem Geburtstag direkt in die nächste Phase. Es kamen flotte Plissees an alle Fenster und unser neues graues Sofa (abgestimmt auf die fröhliche anthrazitfarbene Wand) wurde geliefert. Es ging voran. Ab Ende der Woche sollte mein Plan fürs Rumpelzimmer umgesetzt werden. Die Wände sollten purplefarben (etwas dunkler als pink) werden. An die eine Wand sollte ein neuer Spiegelschrank und an die andere Wand dreimal der Klassiker des „schwedischen Innenausstatters" aller Deutschen: das Billy-Regel. In die Mitte des Raumes sollte ein stoffbezogener Hocker. Ich plante es als eine Mischung aus Ankleide- und Schuhraum. In den Schrank sollten unsere Jacken, in die Regale unsere Schuhe. Auf dem Hocker sollte man sich die Schuhe anziehen können, im Spiegel des Schrankes sollte man sich begutachten können. Ich fand die Grundidee plus Umsetzungsvorschlag großartig. Carsten konterte mit einem Gegenvorschlag, den ich hier als die „Staubfänger-Idee" abtun möchte. Kurz – und nur der Gerechtigkeit halber gesagt – wollte er ein offenes Regalsystem im ganzen Raum, um seinen Rumpelkram unterzubringen. Sicher! ER sollte den Raum in Zukunft ja nicht putzen. Mit diesem Argument und meiner „Krebskarte" („och bitte, ich bin krank und wünsche mir nichts sehnlicher") durfte ich mit meinen Eltern loslegen. Glücklicherweise lenkte die Einrichtungsfrage Carsten von meiner Farbidee ab. Irgendwann war es für ein Veto zu spät. Die Farbe war an der Wand: purplepink. Die Farbe schockte – vor allem Carsten.

Ja, das stimmt. Ich kam mittags nach Hause, der Wagen des Malers stand auf unserer Auffahrt. „Wo steckst du?", rief ich. Ich wollte nicht die Türen aufstoßen, für den Fall, dass er direkt dahinter auf einer Leiter stand.
„Im kleinen Zimmer, aber sei vorsichtig", antwortete der Maler.

„Bist du auf der Leiter?"
„Nein, es ist wegen der Farbe!"
Ich machte die Tür auf und schnappte nach Luft. „Was ist das?"
„Die Farbe hat deine Frau ausgesucht!"
Das Zimmer war ... Ich kann das gar nicht beschreiben ... Also, eine Mischung aus rosa, pink und lila. Gewiss, Miri hatte Krebs, alles war gerade nicht so einfach, aber das hier, das drohte die Grenzen meiner Farbtoleranz zu sprengen. Das Ende vom Lied? Natürlich hat Miri sich durchgesetzt. Und heute muss ich sagen, dass der Raum ziemlich klasse aussieht. Aber im ersten Moment ...

Bevor die Einrichtungsgeschichte losgehen sollte, sollte Schwiegermutter Christa noch mal zu Besuch kommen. Cool: Ablenkung und Beschäftigung zugleich. Zudem hatte ich eine zweite weibliche Meinung zum Projekt „Schicker wohnen". Wir hatten tolle Tage. Wir waren Farbe kaufen, Möbel gucken, shoppen und essen. Das Schönste aber war, dass es nun noch jemanden gab, der sich auch alle halbe Stunde irgendwo hinsetzen und täglich einen Mittagsschlaf halten musste. Ich fühlte mich nicht ganz so behindert wie sonst. Wir waren ein wunderbares Team. Als Christa nach den geplanten drei Tagen wieder abfuhr, gab Carsten ihr „charmante" Sprüche mit auf den Weg: „Besuch ist wie Fisch: Irgendwann stinkt er." und „Wärst du heute nicht gefahren, hätte ich einfach die Heizung abgestellt.". Ja, wir hatten Spaß, obwohl am Dienstag nach dem bevorstehenden Wochenende die nächste Chemo auf dem Programm stand. Ich hatte nur zwei Dinge im Kopf: noch möglichst viel unternehmen und möglichst viel bis dahin erledigen. Eine Sache, die ganz weit oben auf meinem Zettel stand, war: „Günther" waschen.

„Günther“ musste alle sechs Wochen gewaschen werden – oder schlicht und ergreifend dann, wenn er stinkt. Beides war – und das trotz des Rauchverbots in Kneipen und Restaurants – an diesem Tag das erste Mal der Fall. Ich hatte von „Perückenmann“ eine Anleitung sowie Spezialshampoo und Conditioner mitbekommen. Haben Sie mal das Haar einer Puppe nass gemacht? Ungefähr so fühlt es sich an, wenn man das ehemalige zigmal gespaltene und blondierte Haar einer Asiatin unter den Duschkopf hält. Sekunden nach dem ersten Einschäumen hatte ich das Gefühl, nur noch einen riesigen Klettenklumpen in den Händen zu halten. Panik! Ich war mir sicher, dass ich „Günther“ nach dem Waschen meiner Nichte schenken kann – für ihre Verkleidungskiste. Glücklicherweise konnte ich mich nach dem Einmassieren der halben Conditioner-Flasche ein wenig entspannen. Es fühlte sich nun schon so an, als könne man „Günther“ zumindest schon mal mit einer Gartenharke durchkämmen. Das Gesamtprogramm – also waschen, kämmen, legen – dauerte seine Zeit und forderte mir alles ab. Als ich „Günther“ mit vom vielen Wasser schrumpeligen Händen auf „Günther-Ständer“ setzte, war ich völlig erledigt. „Günther“ durfte leider nicht trocken geföhnt werden, sonst hätte er ausgesehen wie unter Starkstrom gesetzt. Ich sollte ihn über Nacht trocknen lassen. Am nächsten Morgen war das Haar nicht nur trocken, sondern zudem weich und duftete frisch. Jetzt konnte ich mit einer Rundbürste und einem Fön arbeiten und mir den Schopf mit wenig Gebläse so zurechtstylen, wie ich ihn haben wollte. Nun hatte ich weder Friseurin gelernt noch irgendwelches handwerkliches Geschick. Die ersten Tage nach dem ersten „Waschtag“ sah ich aus wie „Trude Trutschie“. Ging gar nicht. „Günther“ musste erst mal wieder vom Wind verwuscheln. Frisch onduliert stand ich mit meiner Mutter in der Schlage an der Supermarktkasse und sie sagte: „Du siehst heute irgendwie komisch aus. So anders." Ich darauf: „Ich hab' gestern das erste Mal seit sechs Wochen Haare gewaschen." Meine Mutter verstand es. Die Supermarktkunden hinter mir gingen einen Schritt zurück und rümpften die Nase.

Die vierte Chemo – Angst um meine kranke Brust (18.03.08)

Ich war aufgeregt, als ich morgens um acht in der Klinik ankam. Diesmal nicht die gewohnte Routine. Ich sollte nach der üblichen Blutabnahme ins „MammaZentrum“ zur Mammografie meiner Krebsbrust. Man wollte nach der Hälfte der geplanten „Gaben“ (so hübsch nennen die Ärzte die Chemos – da bekommt die Bitte um eine „milde Gabe“ doch direkt eine andere Bedeutung) sehen, ob die Chemos angeschlagen haben. Vorab gab's in meinem Familien- und Freundeskreis schon heftige Diskussionen und Meinungen zu diesem Thema. Ich war drauf und dran ein Wettbüro aufzumachen. Die Meinungen reichten von „Je schlechter es einem geht, desto besser schlägt die Chemo an. Miri ging es ja aber leider bis jetzt nicht so schlecht. Aber der Frau unseres Nachbarn. Die hat nur gekotzt. Dafür hat die Chemo dann auch super angeschlagen.“ bis hin zu „Bei der Bekannten des Bruders meines Arbeitskollegen ist ALLES mit der Chemo weggegangen. Ich glaube, die musste gar nicht mehr operiert werden.“ Sicher! Super, dass alle immer so gut Bescheid wissen. Ich habe auch hier versucht, nicht darüber nachzudenken. Ist mir auch gelungen – bis zu diesem Morgen.

Oh ja, das ist ohnehin eine der schwierigsten Geschichten bei einer Krebserkrankung: all diejenigen ein wenig auf Distanz zu halten, die jemanden kennen, der wiederum jemanden kennt, bei dem das mit dem Krebs so und so war. Jeder kann Geschichten beisteuern, jeder hat Erfahrungen, die er weitergeben möchte, doch in den meisten Fällen helfen sie dem Betroffenen nicht wirklich weiter. Das ist ähnlich wie mit dem Internet. Erinnern Sie sich: Miri und ich, wir hatten am ersten Abend alles über das Thema Brustkrebs gegoo-

gelt, bis wir nach Stunden, völlig verwirrt und völlig verängstigt, gemeinsam beschlossen, den Computer aus und – jedenfalls zu dem Thema – nie wieder anzumachen.

Am schlimmsten war das Warten. Da saß ich nun im Wartezimmer des „MammaZentrums". Mein Herz raste jedes Mal, wenn ein Arzt um die Ecke kam, um jemanden aufzurufen. Nach gefühlten vier Stunden (in echt habe ich nur eine Stunde in völlig abgewetzten, zerfledderten, bakterienverseuchten Zeitschriften geblättert) war ich an der Reihe. Das Gute war, dass man das Ergebnis quasi direkt im Anschluss an die Mammografie erhielt. Der Arzt strahlte und sagte: „Das sieht gut aus. Verdammt gut. Ich möchte aber sicherheitshalber noch mal meine Chefin dazurufen." Kein Problem. Mit einer Lupe begutachtete die Chefin meine Röntgenbilder. Ich kam mir vor wie bei Sherlock Holmes – fehlte nur noch das Karo-Outfit. Mittlerweile waren noch weitere Ärzte und Schüler in den Raum gekommen. Man war sich einig: Das sah gut aus. WAS IN GOTTES NAMEN HIESS DAS? Man erklärte mir, dass die drei Karzinome durch die ersten drei Chemos weggegangen seien. Das wäre selten. Man erklärte mir außerdem, dass auf den Bildern nur noch Mikrokalk zu sehen war. „Nur noch". Aha. Mikrokalk war also nichts Schlimmes. Also frage ich auch nicht weiter nach, sondern dachte nur: „Cool, vielleicht muss ich die Chemo heute schon gar nicht mehr bekommen und jetzt können sie bestimmt brusterhaltend operieren." Ziemlich schnell wurde ich auf den Boden der Tatsachen zurückgeholt. Man wolle weitermachen wie besprochen: noch drei Chemos, danach die Operation. Wie operiert wird, sollte am OP-Tisch entschieden werden. Kleiner Dämpfer. Nicht so schlimm. Das Ergebnis war ja spitze.

Ich war erleichtert und glücklich. Freudestrahlend und mit Tränen in den Augen verließ ich den Arztraum. Bevor ich auf meine Station zur Chemo ging, schrieb ich meiner Familie erst mal eine SMS in der Art: „ALLE drei Karzinome sind durch die Chemo weg. Wahnsinn. Weiß nicht, wie es weitergeht. Gehe jetzt auf Station und bekomme da nähere Infos. Melde mich." Oben auf der Station fragte ich „Dr. Blondi" sofort, ob sie wüsste, wie es nun weiterginge. Sie antwortete, dass „mein Prof" es auf der Visite mit mir besprechen würde. Dieses Mal also keine sechs Stunden Langeweile, sondern sechs Stunden Aufregung. Unerträglich. Die Zeit verging noch weniger als sonst. Irgendwann schlug die Tür auf und das Team in Weiß stand vor meinem Chemo-Sessel. „Mein Prof" strahlte und sagte das, was ich an dem Tag schon geschätzte fünfmal nach der Mammo gehört hatte und nun nichts Neues mehr war: „Super Ergebnis. Das hatten wir so nicht erwartet." Ich war kurz davor, zu fragen, was ich mir jetzt davon kaufen könne, fragte aber stattdessen anständig: „Was heißt das denn jetzt genau für mich und die Weiterbehandlung?" „Mein Prof" darauf: „Sie bekommen heute die vierte Chemo, insgesamt werden wir sechs oder acht geben." SCHOCK! Wie? Eventuell acht Chemos? Bitte nicht. Ich hatte doch schon Bergfest. Ich konnte nicht weiter zuhören. Warum sollte ich, wo das Mammo-Ergebnis doch so positiv war, jetzt sogar eventuell acht Chemos bekommen? Ich verstand die Welt nicht mehr. Mir schossen die Tränen in die Augen. „Mein Prof" sagte: „Sehen Sie es so: Was wir Ihnen vor der Operation geben, müssen wir Ihnen danach nicht mehr geben." „Ist logisch", dachte ich. Meine nächste Frage: „Aber Sie können bei dem super Ergebnis doch sicher brusterhaltend operieren?!" Ich wollte dringend irgendetwas Positives hören, nach diesem als super angepriesenen Mammografie-Ergebnis. Die schlichte sinngemäße Antwort: „Das Ergebnis ändert nichts an der Tatsache, dass wir die Brust abnehmen müssen. Es entscheidet sich schlussendlich zwar erst in der OP, aber zum jetzigen Zeitpunkt sieht es so aus." RUMS. In diesem Moment hatte ich zum ersten und zum Glück auch einzigen Mal das Gefühl, ich wäre am Ende meiner Kräfte. Ich weinte. Sie trösteten mich und sagten mir, dass ich nur so wieder zu hundert Prozent gesund werden könnte. Aber ich hätte zumindest die Chance, wieder gesund zu werden. Andere Frauen hätten sie nicht. Sie hatten Recht. Ich ließ das alles erst mal sacken. Erst Stunden später rief ich Carsten und meine Eltern an. Alle sprachen mir Trost zu. Das tat gut.

Ja, auch das gehörte zu unserem Krebsjahr. Diese ständige Gefühlsachterbahn. Immer wenn man dachte „Das ist endlich mal 'ne positive Nachricht, vielleicht ist doch alles gar nicht so schlimm, mit Glück kommen wir mit einem blauen Auge davon.", dann kam irgendein Rückschlag und die Stimmung sackte von hundert wieder auf null.

Bei Miri wechselte die Stimmung zu dieser Zeit ohnehin oft, viel öfter als sonst. Den einen Tag war sie glücklich über irgendwelche Kleinigkeiten, am nächsten Tag raunzte sie mich wegen einer völlig harmlosen Geschichte von der Seite an. Beispiel: Auf die Frage „Was essen wir heute Abend?" würde Miri normalerweise fröhlich antworten: „Wir haben nichts im Haus. Komm, wir gehen los und kaufen ein." Jetzt konnte die Antwort auch mal lauten: „Ich bin hier nicht für alles zuständig! Wenn du was essen willst, dann kauf dir was!" Das Ganze mit lauter Stimme und hochrotem Kopf. Stimmungsschwankungen wie sie im Buche stehen. Sie kommen von den Medikamenten, von der Chemo, von allem.

In solchen Situationen war es am besten, einfach kurz mal die Tür hinter sich zu schließen. Fünf Minuten später war nämlich alles schon wieder vergessen. Dann zogen wir uns an und wir gingen einkaufen ...

Ich kam nach der Chemo traurig nach Hause, legte mich hin und schlief durch. Schon am nächsten Tag sah die Welt ganz anders aus. ICH würde wieder gesund werden. Das war die Hauptsache. Außerdem ging es mir nach dieser vierten Chemo auch einigermaßen gut und Ostern stand vor der Tür. Vier Tage mit meinem Mann – und das Wetter sollte schön werden. Ich freute mich. Mein persönlicher „Rückschlag" war vergessen. Alles ging weiter wie gehabt. Ich genoss die Zeit, in der es mir wieder richtig gut ging: Tierpark mit meiner Nichte Emma (eher gesagt stundenlanges Ausharren im stinkenden Affenhaus – sie steht nämlich ausschließlich auf Affen), abends essen gegangen (ich musste es schließlich immer ausnutzen, wenn ich etwas schmeckte), Boxveranstaltung in der Kieler Ostseehalle (König Arthur verteidigte erfolgreich seinen Weltmeistertitel, geiler Kampf, toller Abend – dank unserer wunderbaren Freunde Mellie und Bernd), Kino mit Inga (ihre Art, mich abzulenken: Sie ging mit mir fast wöchentlich dienstags ins Kino. Wir nannten es unsere Kino-AG als Erinnerung an die Schulzeit. Wir waren drauf und dran, über jeden Film Referate oder Interpretationen zu schreiben. War echt witzig. Manchmal gingen wir sogar an einem Abend in zwei Filme) und meine Nichte Emma schlief bei uns.

Eine echte Ablenkung, aber auch Herausforderung. Bis dato hatte meine Mutter (also „Oma Beate“) ihr nur erzählt, dass ich ziemlich krank sei und lange nicht arbeiten gehen könne. Das fand sie schon mal toll. Krank – wie aufregend. Krankgeschrieben – ich hatte Zeit für sie. Da Kinder dazu neigen, immer alles genau wissen zu wollen, und Emma neben stinkenden Affen total auf Krankenhäuser und alles, was damit zusammenhängt, steht (vorzugsweise auf Rettungswagen, Rettungshubschrauber und Krankenhausschilder mit einem Kreuz drauf), erklärten wir ihr, dass ich ein „Teufelchen in der Brust“ hätte, das behandelt werden müsse. Sie guckte uns an, als wollte sie sagen „Das glaubt ihr doch wohl selbst nicht!?“, fragte aber glücklicherweise nicht weiter nach.

Seit Wochen fragte sie schon, wann sie endlich mal wieder bei uns schlafen könne. Irgendwann kam ich nicht mehr drum herum. Ich sagte zu. Sie rückte mit ihrem karierten Felix-Koffer (Felix ist ein Hase aus einem Kinderbuch) bei uns an. Ich machte unser Gästebett fertig. Sie stellte klar, dass ich gemeinsam mit ihr dort schlafen sollte. Klar, Chef. Dadurch ergab sich aber ein Problem: Ich musste ihr von „Günther“ erzählen. Sie wusste noch nicht, dass „Günther“ eine Perücke war. Als ich ihn das erste Mal trug, als ich sie aus dem Kindergarten abholte, sagte sie nur: „Oh, Miri, du warst ja beim Friseur.“ Das war's. Nun musste ich „Günther“ ja abnehmen und meine Schlafmütze aufsetzen. Wie würde sie reagieren?

Der Abend war nett. Wir bastelten (Eintrittskarten für ihre atemberaubende Tanzshow im Tüllröckchen, die sie zu Hause aufführen wollte), sangen (das Sankt-Martins-Lied – obwohl wir Frühjahr hatten, egal) und wir guckten „Biene Maja“ auf DVD. Wer Fragen zur ersten „Biene Maja“-DVD, explizit zur

Folge eins „Wie Biene Maja aus der Wabe schlüpft“, hat – immer gerne! Ich kann ALLES beantworten, da ich die Folge zwei Tage hintereinander circa zwölfmal gesehen habe. Irgendwann wollten wir uns bettfertig machen. Mein Herz schlug bis zum Hals. Wie sollte ich anfangen, ohne sie zu schocken. Dann kam die Steilvorlage. Emma stand in der Küche vor unserer Fotowand und sagte: „Guck, Miri, da hast du noch glatte Haare. Jetzt hast du Locken.“ Ihr war also doch aufgefallen, dass irgendwas mit meinem Haar anders war. Ich darauf: „Ja, das waren ja auch meine echten Haare. Jetzt habe ich wegen meiner Krankheit eine Perücke. Weißt du, was eine Perücke ist?“ Sie erstaunt: „Ja klar. Hast du echt 'ne Perücke? Nimm sie mal ab.“ Ich sagte ihr, dass ich sie gleich zum Schlafen eh abnehmen müsse. Bis dahin solle sie sich gedulden. Aufgeregt schlich sie um mich herum. Dann nahm ich „Günther“ ab und sie sagte lachend: „Miri, du siehst aber komisch aus. Du hast ja 'ne Glatze.“ Ich erklärte ihr, dass ich durch die Medikamente meine Haare verloren hatte, sie aber irgendwann im Sommer wieder nachwachsen würden. Ich setzte „Günther“ auf seinen Ständer und meine Mütze auf. Sie lachte wieder. Zum Glück. Ich hätte nicht gewusst, was ich gemacht hätte, wäre sie traurig gewesen. Aber alles war gut. Im Bett lachte sie weiter, als sie über meine Platte strich. Am nächsten Tag bemerkte sie nach dem Aufstehen schlicht: „Also, mit Perücke finde ich dich hübscher.“ „Ich mich auch. Deswegen trage ich sie ja“, erwiderte ich. Ich dachte, dass das Thema vorerst vom Tisch wäre. Auf dem Weg zum Kindergarten hielten wir beim Bäcker, um Emma ein Brötchen für die Kindergartentasche zu kaufen. Sie rief den Tresen hoch: „Ein Käsebrötchen, bitte.“ Die Verkäuferin (eine blonde, hagere Frau mit Bobfrisur) steckte das Brötchen in eine Tüte.

Emma: „Also, meine Tante hat auch so eine Perücke wie du." Die Verkäuferin war sprachlos und rang nach Worten. Sie stotterte: „Äh ... Das ist keine Perücke ... Das sind meine echten Haare." Eh ich reagieren konnte, ergänzte Emma: „Meine Tante hat auch bald wieder echte Haare. Im Sommer." Das Thema beschäftigte sie also doch. Noch heute, wo ich wieder Haare habe, möchte Emma „Günther" sehen und aufsetzen. Ich habe von ihr süße Fotos mit „Günther" gemacht. Und noch heute lachen wir in unserer Familie über diese Geschichte.

Womit wir übrigens wieder bei unseren Fernseh-Krebs-Erfahrungen wären. In der Serie „Desperate Housewives" war es Lynette, die an Krebs erkrankte und die, wenn ich mich recht erinnere, partout nicht wollte, dass ihre Kinder sie ohne Haare sahen. In irgendeiner Folge war ihr jedenfalls die Perücke über Nacht vom Kopf gerutscht (Frage mal an den Regisseur: Gibt es Perücken, die man nachts aufbehält?), als die Kinder morgens ins Schlafzimmer stürmten. Und was war? Sie sagten: „Mutti, du siehst toll aus."

Zack, zack – und die drei Wochen bis zu nächsten Chemo waren fast wieder herum. Normalerweise nahm ich meine „Henkersmahlzeit" am Wochenende vorher immer in einem Restaurant ein. Dieses Mal waren wir bei Freunden eingeladen. Sie hatten ein Spargelessen arrangiert. Ich war gespannt und aufgeregt. Ich denke, unsere Freunde auch, denn das letzte Mal, als wir uns sahen, war ich noch „gesund". Also habe ich mich hübsch angezogen, „Günther" gerade gerückt und gebürstet und los ging's. Alle freuten sich, uns zu sehen, waren aber im Umgang spürbar unsicher und deswegen vorsichtig. Ich erzählte einfach drauflos, wie es mir ging, wie die Chemos waren und wie es weitergeht. Der Knoten war schnell geplatzt. Zur Feier des Tages genehmigte ich mir das erste Mal seit Beginn der Chemos ein Glas Alkohol: Champagner. Ich schmeckte die Säure und das Prickeln – lecker war es. Ich fühlte mich ein Stück weit gesund – und angeduselt–, als hätte man mir den Champus über den Port gegeben, als wäre das Zeug direkt in die Vene gelaufen. Ein Wahnsinnsgefühl. Ich dachte: „Super, du verträgst nur ein Glas Alkohol. Das werden in Zukunft günstige Abende." Der Spargel war himmlisch, eine perfekte Henkersmahlzeit, bevor sich mein Geschmackssinn wieder veränderte. Es war ein rundum schöner Abend – vor allem weil am Ende alle vergessen zu haben schienen, dass ich krebskrank war. Alles war wie immer – und das war ja genau das, was ich wollte.

Am Montag liefen meine Chemo-Vorbereitungen wieder auf Hochtouren. Wie ein Uhrwerk tat ich alles, was zu tun war: Einkäufe, Taxi vorbestellen, iPod und Handy laden. Dienstagmorgen um acht rief ich wieder ein fröhliches „Moin, moin" über den Schwesterntresen meiner Station. Ich glaube, ab und an haben dort alle gedacht, dass ich nicht alle Latten am Zaun habe. Normalerweise guckten sie in traurige, ängstliche oder angespannte Patientengesichter. Ich war fröhlich und wunderte mich selbst darüber. Nur warum sollte ich mich verstellen, wenn es mir doch so weit gut ging? Die alte Routine – mit einer Ausnahme: Der Port lief beim ersten Mal anstechen. Ich muss geguckt haben wie ein Auto. Es ging doch sonst auch nicht. Warum heute? Womit hatte ich das verdient? Ich dachte wirklich, ich traue meinen Augen nicht, als die Nadel in mir steckte und der Wasserbeutel anfing, zu tröpfeln. Ich war dieses Mal sogar schon nach sieben Stunden fertig. Die Hoffnung stirbt zuletzt. Das war eh mein Tagesmotto. Ich hatte mir fest vorgenommen „meinen Prof" selbstständig, ohne zu stottern und in vollständigen und sinnvollen Sätzen, zu fragen, ob es nun bei den anfangs geplanten sechs Chemos bleibt oder ich noch zweimal mehr angedockt werden musste. Zwischen Klogängen und Nickerchen formulierte ich meine Frage. Irgendwann stand das „Grey's Anatomie"-Team vor mir – irgendwie schienen sie sich jedes Mal zu vermehren. Ich holte tief Luft und noch bevor irgendjemand auch nur „Hallo" sagen konnte, schmetterte ich los: „Mir geht's so weit gut, aber ich muss Sie dringend was fragen. Also es ist so ..." Danach folgte eine circa fünfminütige wirre, unverständliche Erklärung, warum ich genau JETZT wissen musste, ob ich nur noch eine oder noch drei Chemos bekomme. „Mein Prof" konnte unmöglich verstanden haben, was ich von ihm wollte, sagte aber solidarisch, dass er es noch nicht wisse und ich Geduld haben sollte. Er versprach mir, in den nächsten Stunden eine Entscheidung zu fällen. Er hatte mich offenkundig doch verstanden. Ich war froh, aufgeregt und schämte mich in Grund und Boden. Das Team muss sich spätestens jetzt gefragt haben, wie jemand wie ich Redakteurin eines Radiosenders werden und Interviews führen konnte. Wieso konnte ich mit denen nicht sprechen wie mit jedem anderen auch. Ich konnte mich doch auch mit Peter Maffay oder unserem Ministerpräsidenten Peter Harry Carstensen wunderbar unterhalten – richtige Sätze bilden, mit Subjekt, Prädikat, Objekt. Mit der letzten Schamesröte im Gesicht schlief ich wieder ein. Als ich wieder aufwachte, fing ich an, alle vorbeilaufenden Schwestern und Ärzte mit meiner Frage des Tages zu traktieren: „Äh, Tschuldigung, der Prof ... Äh ... Herr ... Äh ... Der Professor wollte heute noch entscheiden, ob ich sechs oder acht Chemos bekommen soll. Können Sie da noch mal nachhaken?“ Ich glaube, an diesem Tag waren alle schwer genervt von mir. Nützte aber nichts. Ich MUSSTE es wissen. Der Grund war ein bevorstehender Urlaub. Carsten und ich hatten für Mai einen Sylt-Urlaub geplant. Wir haben ihn extra auf zwei Wochen nach meiner „letzten“ Chemo gelegt. Damals wussten wir noch nicht, dass es sein konnte, dass ich noch zwei Dröhnungen mehr bekomme. Gesetzt den Fall, man entschied jetzt, dass ich insgesamt acht Chemos bekomme, hätten wir eine Woche stornieren müssen, da ich wieder nach Kiel zur nächsten „Gabe“ gemusst hätte.

Irgendwann war ich durch. Der letzte Beutel an meinem Tropf war leer und ich hatte immer noch keine Entscheidung. „Dr. Blondi“ dockte mich ab. Ich ging das Risiko ein, dass sie mich als ungeduldige, nervige Fragenstellerin in Erinnerung behielt, und fragte, ob sie zufällig gehört hätte, wie der Professor sich entschieden hat. Sie entschuldigte sich und sagte, dass sie es fast vergessen hätte, mir zu sagen (grrr!). Er hätte entschieden, dass es bei sechs Chemos bliebe. Ich musste noch mal nachfragen. Nur sechs? Ehrlich? Nicht verhört? Ganz sicher? Endlich mal eine positive Nachricht. Mit dieser Überraschung im Gepäck kam ich nach meiner fünften Chemo nach Hause. Ich hatte den ersten Teil meiner Behandlung fast geschafft – nur noch EINE Chemo!

Die Freude wurde die darauf folgenden Tage allerdings ein wenig gedämpft. Sie wollen wissen wodurch? Ich will es Ihnen verraten, denn auch darüber muss man sprechen können. Schlicht und ergreifend durch VERSTOPFUNGEN. Nun sollte ich auf den letzten Chemo-Metern also doch noch mal zu spüren bekommen, was Nebenwirkungen sind. „Nicht mit mir", dachte ich. Ich fühlte mich, als hätte ich einen Korken im Darm. Mein Bauch wurde dick und dicker. Ich musste handeln, solange ich es vor Schmerzen noch konnte. Und wen bittet man bei solchen Problemen um Rat? Wer hat bei so was immer ein Hausmittelchen im Hinterkopf? Richtig: Mutti. Muttis Tipp war einfach, musste aber erst noch im Supermarkt besorgt werden – oder haben Sie Backpflaumen in Ihrem Vorratsschrank? Ich war froh, dass mein Geschmackssinn sich so langsam aber sicher wieder vom Acker machte. Bäh, Backpflaumen, die sind schon von der Konsistenz her super ekelig. Aber es nützte nix. Eine halbe Tüte und geschätzte zwei Stunden auf dem Sofa später ging das Toiletten-Gerenne los – unglücklicherweise für die kommenden vier (!) Tage. Erst Verstopfungen, dann Durchfall. Na super. Ich war tagelang zu Hause gefangen, da ich in einer halbstündlichen Taktung die Keramikabteilung besuchen musste. Im wahrsten Sinne des Wortes „scheiße". Mein Glück im Unglück war, dass es mir eh nicht so doll ging. Ich musste mich das erste Mal während meiner Behandlung übergeben – trotz Tabletten. Zwei Tage nach der Horror-Nacht kam der Schornsteinfeger. Noch eh ich ihn überhaupt ins Haus gelassen hatte, fasste ich ihn mit den Worten „Tschuldigung, ich bräuchte da mal ein bisschen Glück." an. Hat geholfen. Mir ging's sofort besser. Ja, die fünfte Chemo hatte es noch mal in sich.

Ich war über eine Woche out of order – das hieß, dass mein Projekt „Schicker wohnen" stagnierte. Eigentlich kein Problem. Allerdings hatte ich ein wenig unseren bevorstehenden Sylt-Urlaub sowie die sechste Chemo im Nacken. Mir blieben bis zu meiner „Chemo-Abschlussgala" exakt zwölf Tage. Diese verbrachte ich fast alle im Baumarkt bzw. in Möbelhäusern. Zu Hause malten, strichen und bastelten Mama, Papa und ich was das Zeug hielt. Carsten hatte jeden Tag etwas Neues zu bestaunen, wenn er von der Arbeit nach Hause kam – na ja, oder zu verdauen ... Zum Beispiel die pinkfarbenen Esszimmerstühle. Da habe ich wieder einmal meine „Krebskarte" ausspielen können: „Die Stühle sind sooo hübsch und ich bin sooo krank. Ich wünsche mir nichts sehnlicher. Wenn ich mal nicht mehr bin, kannst du sie ja verkaufen." Nicht dran zu denken, wie es mal sein wird, wenn ich die „Krebskarte" nicht mehr ausspielen kann.

Das Wochenende vor meiner letzten Chemo wollte ich zum Flohmarkt – aber nicht nur zum Stöbern, sondern zum Verkaufen. FLOHMARKT – schon das Aussprechen dieses Worts jagt

Carsten pure Angst ein. Er hasst Flohmärkte und noch mehr meine Flohmarkt-Aktivitäten. Es heißt nämlich für ihn (in chronologischer Reihenfolge): seinen Kleiderschrank ausmisten, mit mir den kalten Keller aufräumen, potentielle „Ware“ aus dem kalten Keller hochtragen, die Rückbank des Autos umklappen, den Tapeziertisch reinlegen, die Kisten darauf stapeln, bemerken, dass der Tapeziertisch ganz oben liegen muss, alle Kisten wieder rausräumen, wieder rein, den Tapeziertisch und den Stuhl oben rauf. Zeitaufwand insgesamt: sein ganzer freier Samstag. Dieses Mal kam erschwerend meine Krankheit hinzu, das heißt, er musste mir morgens (o.k., es war eher nachts) sogar noch beim Stand aufbauen helfen. Ja, ich habe meinem Mann viel zugemutet während dieses Jahres. Er hat aber nicht einmal gejammert, war nie genervt. Er hat mich stattdessen mit allem wundervoll unterstützt. Dafür danke ich dir von ganzem Herzen, Carsten. Ohne deinen Rückhalt hätte ich es nicht geschafft. Einen besseren Mann als dich konnte ich nicht bekommen. Carstens „Lohn“ waren übrigens 150 Euro – für alte Fummel, die man eh nicht mehr trägt, nicht schlecht, oder?!
Ich hatte einen Tag zum Erholen, dann stand meine „Abschlussgala“ auf dem Pogramm.

Ich war kurz davor, Tröten, Konfetti und Raketen mit in die Klinik zu nehmen. Selbstverständlich meldete ich mich wie immer überpünktlich bei den Stationsschwestern. Mein „Fensterplatz“ war wie gewohnt frei und so richtete ich mich ein letztes Mal häuslich ein. Ich konnte es kaum fassen. Ich zwang an diesem Tag quasi jedem meine Freude auf. Ich ging zum Beispiel mit meinem Tropf-Ständer zur Stationstoilette und eine mir fremde Besucherin im Wartebereich öffnete hilfsbereit die Toilettentür. Ich stolz zu ihr: „Danke, ist heute zum Glück das letzte Mal.“ Peinlich, oder?! Ich konnte aber nicht anders. Ich musste mich in dieser Art und Weise mitteilen. Wäre in diesem Moment ein Bauarbeiter (in der Klinik wurde renoviert) an mir vorbeigehuscht, hätte ich ihn ungefragt angequatscht: „Ach, ich renoviere auch gerade zu Hause, also, wenn diese Nadel nicht in mir steckt. Sie steckt heute ja auch das letzte Mal da.“ Hätte ich die Stationsputzkolonne getroffen, hätte ich im Zweifel gesagt: „Wo ich die Chemie sehe, die Sie da auf ihrem Putzwagen haben – ich habe heute das letzte Mal Chemie bekommen.“ Ich kann von Glück sagen, dass ich an diesem letzten Chemo-Tag nicht so viele Menschen getroffen habe und ich mich daher auch nicht komplett blamieren konnte.

Zum ersten Mal wurde ich echt ungeduldig. Ich fragte die Schwestern sogar, ob sie den „Stoff“ nicht etwas schneller stellen konnten. Also so, dass er schneller tropft (was nicht empfehlenswert ist, da einem dann auch leichter übel werden kann). Mir war alles egal. Die Zeit verging allerdings überhaupt nicht. Ist ja klar. Wie damals, als ich ein Kind war. Da verging der Heiligabend, bzw. die Zeit bis zum Geschenke auspacken auch nicht – trotz „Wir warten aufs Christkind“ und „Timm Thaler“ im Fernsehen. Netter Versuch, aber leider uneffektiv.

Als ich an diesem Tag aus dem Fenster des Chemoraums schaute, wurde mir dann auch erst richtig bewusst, wie lange ich schon auf der Station ein und aus ging – und vor allem, wie lange ich schon Chemie in mich hineingepumpt bekam. Bei meiner ersten Chemo war beim Bau gegenüber gerade einmal das Fundament gegossen. Jetzt war das Gebäude schon mehrere Stockwerke hoch. Wahnsinn, wie die Zeit verging. Witzigerweise bekam ich da ein Gefühl von Wehmut. Die ganzen netten Schwestern, „mein Prof" und „Dr. Blondi" – sie würden mir fehlen. Diese „Sitzungen" waren ja schließlich wohl oder übel mein Alltag geworden. Irgendwann war dann doch der letzte Tropfen in mich hineingelaufen und ich wurde abgestöpselt. Ein letztes Mal säuselte ich „Dr. Blondi" ein müdes „Das war meine letzte Chemo." entgegen und rief kraftlos Taxi-Micha.

Ich hatte Teil eins des Kampfes hinbekommen. Jetzt würde ich auch noch Teil zwei schaffen: die OP.

Meine ersten Gedanken am nächsten Tag: Termin bei „Perückenmann“ machen. Ich hatte mich dazu entschlossen, mir noch einen zweiten „Günther“ anzuschaffen – einen „Ersatz-Günther“ sozusagen, einen Bruder für „Günther“. Eigentlich kam diese Idee bzw. dieses Sicherheitsdenken von Carsten. Er zog mich schon seit Tagen mit den Worten von „Perückenmann“ auf: „Die Perücken halten bis Windstärke elf.“ Mein Mann dazu: „Cool, das können wir prima auf der Insel ausprobieren.“ Waren Sie mal auf Sylt? Wenn ja, wissen Sie sicher, was windig dort teilweise bedeutet: Man kann kaum noch aufrecht gehen, geschweige denn sich in freier Natur unterhalten. Carsten sah uns gedanklich schon am Strand Richtung „Sansibar“ (unser Lieblingsrestaurant auf Sylt) marschieren, eine Zwölfer-Böe und – zack – „Günther“ ist auf dem Seeweg in Richtung England. Witzig. Ziemlich unwitzig aber für mich, mit nackter Rübe am Strand zu stehen und den Rest des Urlaubs mit dem „Hallo-ich-habe-Krebs-Kopftuch“ herumzulaufen. Unvorstellbar. Ich rief „Perückenmann“ an. Ich hörte mich sagen, dass ich eine braune Bob-Perücke mit geradem Pony suche. Was redete ich da? War ich jetzt völlig irre? BRAUN? „Günther“ und ich waren doch blond. Na, wenn schon, denn schon. Was sollte ich mit einem zweiten „Günther“, ging ich doch im Idealfall davon aus, dass „Günther“ das Bad in der Nordsee nicht kennen lernte. Irgendwie hatte ich Bock auf was Anderes. Eine Typveränderung. Wann hatte man schon mal die Gelegenheit, so einfach ohne Färberei die Haarfarbe zu wechseln und ohne „schnipp, schnapp“ kurzfristig einen Pony zu haben? Das war die Chance! Carsten fand die Idee auch gut. Beim ersten Besuch bei „Perückenmann“ suchte ich drei „Tuffis“ aus. Carsten sollte entscheiden, welcher am besten zu mir passte. Beim zweiten Besuch machten wir Nägel mit Köpfen und fuhren mit „Brownie“, später auch „Dunkel-Günther“ genannt, nach

Hause. Mein neues „Ich“ hatte nur einen entscheidenden Nachteil gegenüber „Günther“: Es war eine Kunsthaarperücke. Man sieht den Unterschied als Laie nicht wirklich, aber der Träger spürt ihn – vor allem im Sommer bei 25 Grad und mehr. Wir hatten zu dem Zeitpunkt Traumwetter und das hieß was? Aus schweißtechnischen Gründen wurde „Dunkel-Günther“ erst mal auf „Günther-Ständer“ geparkt. Meinen Sylt-Urlaub verbrachte ich demnach blond. Als das Wetter schlechter wurde, verließ mich dann der Mut. Aber „Dunkel-Günthers“ große Zeit sollte noch kommen – circa zwei Monate später in meiner Reha (ebenfalls auf Sylt). Gott, hat es Spaß gemacht, die Therapeuten an der Nase herumzuführen. Der eine kannte mich blond, der andere dunkelhaarig. Verwirrung total.

Wie soll es auch Therapeuten gelingen, jemanden zu erkennen, wenn es nicht einmal dem eigenen Ehemann gelingt. Kein Spruch: An den ersten beiden Tagen, an denen Miri ihre dunkle Perücke aufhatte, bin ich eiskalt an ihr vorbeigelaufen. Ich hörte, wie jemand im Café rief: „Carsten!“ Ich drehte mich um, keiner da, den ich kennen könnte. Dann wieder: „Carsten! Ich bin's, Miri, deine Frau, falls du dich erinnerst.“ Und ob ich mich erinnerte, aber wenn Sie jahrelang eine blonde Frau mit längerem Haar an Ihrer Seite haben und plötzlich von einer dunkelhaarigen mit Bob angesprochen werden, dann verwirrt das schon.

Zweimal während meiner Reha war ich abends auf „Zwutsch“ – und beide Male kam ich ein wenig zu spät ins Heim (Einschluss war um 23 Uhr, auch am Wochenende, – wie albern!). Beide Male hat mir die gleiche Nachtschwester aufgeschlossen. Beim zweiten Mal hatte ich mich schon auf eine fette

Meckerattacke eingestellt. Ich entschuldigte mich brav und unterwürfig. Sie sagte daraufhin nur schlicht: „Ach, ist ja Ihr erstes Mal." Oben auf dem Zimmer guckte ich in den Spiegel und stellte fest, dass ich dieses Mal „Dunkel-Günther" trug. Wunderbar – mit dem dunklen „Tuffi" war ich so was wie inkognito.

Vor wenigen Wochen habe ich meine beiden „Günthers" noch einmal liebevoll gewaschen. Sie haben mir beide treue Dienste geleistet. Als ich sie vorschriftsmäßig verpackt in einer Kiste eingemottet habe, liefen mir die Tränen. Sie haben für mich etwas von Puppen, die man nicht weggeben kann. Aber es würde ja doch ziemlich albern aussehen, wenn ich sie mir neben meine Lieblingspuppe (also die, die ich als Kind hatte) aufs Bett legen würde. Heute habe ich wieder Haare. Sie sind allerdings nicht blond nachgewachsen, sondern in so einer Mischung aus Straßenköterblond und hellbraun – meine Haarfarbe ist irgendwie keine Haarfarbe. Schlimmer aber ist noch, dass meine Haare jetzt LOCKIG sind. Damit wir uns richtig verstehen: Ich meine keine Wellen (so wie man es bei vielen Chemopatienten nach der Behandlung sieht), sondern richtige Königspudellocken! Sie glauben nicht, wie unmöglich ich auf dem Kopf aussehe. Warum ich meine „Günthers" nicht mehr trage? Sie hielten schon nicht mehr auf dem Kopf, als das Haar circa einen Zentimeter Länge hatte. Also nützte es nichts. Da muss ich jetzt durch. Klar bin ich froh, dass die Haare überhaupt wieder gewachsen sind. Wobei es mir langsam schon auf den Keks geht, wenn Carsten mich „Monchhichi" (wegen der Farbe) oder „Peggy" (so hieß der Pudel von Carstens Familie) ruft. Ha, ha, ha. Wetten, dass die Locken weg sind, wenn meine Haare wieder lang sind?! Lange, lockige Haare finde ich nämlich toll.

Urlaub. Endlich. Ich wusste, dass es total bekloppt klang. Warum brauchte jemand wie ich Urlaub – wo ich doch seit Januar nicht mehr gearbeitet hatte? Die Antwort: Carsten brauchte Urlaub. Er arbeitete ja ganz normal und hatte die nervliche Belastung durch mich an den Hacken. Er brauchte schlicht und ergreifend Urlaub und ich konnte einfach mal ein bisschen Ablenkung gebrauchen. Einen Tag vor der Abfahrt gab's noch schön meine „Schwitze- Spritze". Die musste ich auf den Tag genau alle vier Wochen bekommen. Zur Erinnerung: Sie verhinderte, dass mein Körper Hormone produzierte, und versetzte mich künstlich in die Wechseljahre. Super, und das einen Tag vor Abfahrt. Ich denke, alle Frauen können es mir nachempfinden. Es ist wie wenn es in den Urlaub gehen soll und einen Tag vor Abflug die Menstruation einsetzt. Das heißt für vor Ort: immer Tampons in der Strandtasche dabei haben und alle zwei Stunden im Bikini aufs ekelige Strandklo zum Wechseln. Mehr geht nicht! Mir standen für die erste Urlaubswoche nun tolle Schweißausbrüche inklusive hochrotem Kopf bevor. Ich hörte die Leute schon fragen: „Ist dir irgendwas peinlich, du bist so rot im Gesicht?"

Dieser Sylt-Urlaub war sozusagen mein „Henkersurlaub".

Direkt danach sollte ich nämlich operiert werden – oder eher gesagt amputiert. Bei vielen stieß dieser Urlaub direkt vor meiner zweiten Behandlungsphase auf Unverständnis. Man könne die Tage vor so einer schlimmen OP doch nicht genießen. Wir konnten. Wir hatten tolle zwei Wochen: mit unseren Sylter Freunden und unseren Fahrrädern. Apropos Fahrräder: Ich war gespannt wie ein Flitzebogen, wie es mir auf dem Fahrrad ergehen würde. Ich hatte ja schließlich sechsmal Gift in mich reingepumpt bekommen, das letzte Mal vor anderthalb Wochen. Zudem war ich nun seit einem halben Jahr kein Rad gefahren und hatte auch mein Fitnessstudio nicht von innen gesehen. Ich war entsetzt, als wir die erste Radtour antraten. Ich keuchte schon, als wir vom Hof fuhren. Schlimmer aber war noch, dass meine Beine so derbe schmerzten, dass ich hätte weinen können. Wir schafften es nicht einmal von Westerland bis nach Wenningstedt, was circa drei bis vier Kilometer sind. Es ist echt ätzend, wenn 75-jährige Omis im dritten Gang an dir vorbei den Berg hochsausen und du hechelnd im ersten Gang hinterherschleichst. Nicht, dass ich den Omis es nicht gegönnt hätte. Es machte mich wütend. Es sollte schließlich im wahrsten Sinne des Wortes aufwärts gehen. Aber ich ließ mich nicht kleinkriegen. Ich rief die „Jetzt erst recht"-Wochen aus und schwang mich jeden Tag aufs Rad. Ich habe geflucht, gejammert, gequengelt, die Welt verflucht und Carsten fast den letzten Nerv geraubt – habe aber tapfer in die Pedale getreten. Ich glaube, er hat morgens immer gehofft: „Bitte lass sie heute Bock auf einen Spaziergang haben. Dann ist sie wenigstens gut drauf."

„Ich kann nicht mehr." Ich hörte Miri hinter mir keuchen und ächzen.
„Dann lass uns absteigen und schieben. Uns hetzt keiner."
„Ich will nicht absteigen. Ich will diesen Berg hoch." Miri trat noch dreimal in die Pedale und stieg dann ab. „Lass uns schieben."
Ja, diese Phasen waren nicht ohne. Ansonsten hatten wir tolle Tage auf Sylt, aber immer, wenn Miri an ihre körperlichen Grenzen stieß, dann wurde es brenzlig. Sie wollte viel mehr, als sie in Wirklichkeit konnte. Es war aber auch fies. Sonst

düsten wir bei Wind und Wetter nach Hörnum, Morsum und List und jetzt hockten wir kurz hinter Westerland auf einer Parkbank. Ein Stückchen weiter führt der Fahrradweg übrigens an einer Reha-Klinik vorbei, ein Schwerpunkt: Krebsnachsorge. Wir hatten früher mal aus Scherz gesagt: Wenn es einen von uns beiden erwischen sollte, dann müsse der andere dafür sorgen, dass er dort die Reha machen dürfe. Auch das hatten wir inzwischen gelernt: Mit so was scherzt man nicht. Und Miri hat später genau dort ihre Reha gemacht.

Carsten hat meine Launen wacker ertragen. Musste er auch. War ja schließlich mein „Henkersurlaub", bevor man mir eine meiner beiden Brüste einfach abnehmen würde – Skalpell und zack, weg. Den Gedanken versuchte ich, zu verdrängen. Das gelang mir eigentlich ganz gut ... Ich muss dazu sagen, dass ich auch ein sehr guter Verdränger bin. Problematisch wurde es nur an den Tagen mit Strandwetter. Als ich im Bikini im Strandkorb lag, war es mit dem Verdrängen kurzfristig vorbei. Immer wenn ich mein Oberteil zurechtgerückt oder meine Krebs-Brust eingecremt habe, habe ich gedacht: „Scheiße, das sind die letzten Tage mit ihr. Danach wird sie mir einfach abgeschnitten." Aber was sollte ich machen? Den Kopf in den Sand stecken und den ganzen Tag Trübsal blasen und weinen bei DEM genialen Wetter in DIESEM Sylt-Paradies? Nein, so war und bin ich nicht. Ich genoss. Jeden einzelnen Urlaubstag. Auf seine Art und Weise. Zwei Wochen waren wir auf „unserer Insel" – gefühlt war es allerdings ein verlängertes Wochenende. Ist ja immer so im Urlaub. Ist aber noch extremer, wenn einem direkt am Dienstag danach eine Amputations-OP bevorsteht. Unsere Sylter Freunde haben alles gegeben, um es mir die beiden Wochen schön zu machen – und es ist ihnen gelungen. Wir haben gequatscht, gelacht, gefeiert ... Sie haben sich, selbst wenn es mal nicht passte (Yvonne und Thomas zum Beispiel sind mit einem Obst- und Gemüsegroßhandel selbstständig und haben sozusagen „kistenweise" Arbeit), für mich Zeit genommen. Ich genoss es. Ganz besonders die Abende bei Herbert in der „Sansibar". Der Blick ins angestrahlte Dünengras, das superleckere Essen, die netten mitfühlenden Worte von Herbert und seinem kompletten Team. Wer die „Sansibar" als Schickimicki-Restaurant bezeichnet, gehört meines Erachtens geohrfeigt. Nirgendwo anders werden die Gäste mit so viel Freude, Erfahrung, Leichtigkeit und vor allem alle GLEICH behandelt. Zu Recht ist die „Sansibar" so erfolgreich. Sylt ist für mich eh mein zweites Zuhause geworden und die „Sansibar" sozusagen mein zweites Esszimmer, meine Wohlfühloase. Ein Dank von ganzem Herzen an alle „Sansibarianer" samt „Papa" Herbert.

In diesem Urlaub stöberten wir an einem Nachmittag in einem kleinen Geschäft in Westerland, in dem Bilder von jungen Künstlern verkauft werden. Ein Bild gefiel Miri und mir besonders. Es zeigt einen Jungen, der eine Art Kaktus mit Blüte auf dem Kopf trägt und fröhlich lacht. Die Künstlerin, Ulrike Krappen aus Bielefeld, hatte dem Bild einen Namen gegeben, es hieß „Ich hab' dir Glück mitgebracht".

So teuer war das Bild gar nicht, trotzdem sagte ich zu Miri: „Lass uns noch mal darüber nachdenken." Mein Plan war: Ich wollte das Bild heimlich kaufen, um es Miri am Tag unserer

Abfahrt zu schenken. Hat perfekt funktioniert. Miri war schon todtraurig, als das Bild nicht mehr im Regal stand, und wertete das Ganze als schlechtes Omen für die bevorstehende Operation. Na ja, und dann kam ich mit dem Bild um die Ecke ...

Die vorletzte Urlaubsnacht habe ich kein Auge zugemacht. Ich lag einfach nur da und hatte zum ersten Mal in meinem Leben ernsthaft den Gedanken, wegzulaufen. Ich überlegte, ob ich nicht einfach eine Tasche packen, mich rausschleichen, in die Bahn nach Hamburg setzen und morgens von dort irgendeinen Flug in die Südsee nehmen sollte. Ich redete mir plötzlich und aus heiterem Himmel ein, dass mir doch niemand die Garantie geben konnte, dass ich trotz Amputation wieder gesund werde. Was, wenn sie in den Lymphen in der Achselhöhle etwas finden? Wie lange würde ich dann noch leben? Ein Jahr, oder nur ein paar Monate? Aber wenn ich einfach abhauen würde, wäre das sehr egoistisch und für meine Familie die Hölle. Ich entschied mich also doch dagegen. Allerdings eher weil es draußen stürmte und regnete und ich mir am Bahnhof in Westerland die Erkältung des Jahrhunderts zugezogen hätte. Ja, man kann sagen, dass ich doch eher praktisch veranlagt bin.
Wie an jedem Urlaubstag schaltete ich am nächsten Morgen irgendwann beim Frühstück mein Handy ein und sah auf dem Display, dass die Klinik mehrfach versucht hatte, mich zu erreichen. Und das nach dieser gedankenvollen Nacht. Ich hatte ein ziemlich ungutes Gefühl. Nach einer viertelstündigen Diskussion mit meinem Mann zwischen „Ist doch bestimmt nichts Schlimmes, oder?“ und „Aber die würden

doch nie im Urlaub anrufen, wenn es nicht extrem wichtig wäre!“ entschloss ich mich, die Qual zu beenden, und griff zum Hörer. Als sich am anderen Ende das Büro von „meinem Prof“ meldete, stockte mir der Atem. Ich brachte gerade noch ein knappes „Hallo, Sie haben mehrfach versucht, mich zu erreichen?!“ heraus. Das Gespräch war dann in etwa wie folgt:

Büro von „meinem Prof“: „Gut, dass Sie zurückrufen.
Es ist ziemlich wichtig!“

Meine Gedanken überschlugen sich. Hilfe! Bitte sagt jetzt nicht, dass noch irgendetwas auf den Röntgenbildern aufgefallen ist ... Angst, Entsetzen, Verzweiflung. Geschätzte dreißig Sekunden später.

Büro von meinem Prof: „Hallo, sind Sie noch dran?“

Ich: „Ja, Tschuldigung. Klar bin ich noch dran.“

Büro von „meinem Prof“: „Es ist so ... Sie sollten ja am Dienstag operiert werden.“

Meine Gedanken hüpften vor Freude. Jippieh, sie sagt jetzt, dass sie festgestellt haben, dass die OP gar nicht nötig ist ... Sag es, komm, sag’s schon!

Büro von „meinem Prof“: „Der Professor hat am Dienstag leider einen Auslandstermin. Aber gute Nachrichten: Er könnte Ihre OP einen Tag vorziehen, wenn es Ihnen passt.“
Ich war geschockt. Gute Nachrichten? Sollte ich mich

jetzt freuen, dass mir schon einen Tag eher meine rechte Brust gemopst wird? Es verschlug mir die Sprache.

Büro von „meinem Prof“: „Sie müssten dann nur heute im Laufe des Tages zu den Voruntersuchungen und Gesprächen kommen.“

Die machten Witze, oder? Heute? Wie sollte das denn funktionieren?

Ich (irritiert, stotternd, mit Schnappatmung): „Ja, aber ... ich bin ... ich bin doch noch im Urlaub ... Also, ich bin zwar nur auf Sylt ... Dann muss ich jetzt meine Sachen packen ... Bis wann ... äh ... bis wann kann ich dann kommen ... Ich muss ja erst noch von der Insel runter und ...“

Mit dem Gestotter hatten sie jetzt endgültig den Beweis, dass ich irre bin.

Büro von „meinem Prof“: „Ach, Moment ... Besprechen Sie es doch am besten gleich mit dem Professor. Er kommt hier nämlich gerade ins Büro. Ich reich mal rüber.“

Hilfe! Alles noch mal erklären, mit einfachen, verständlichen Worten ... Das klappt nie im Leben! Nützt nix, Luft holen und los.

Ich: „Tag Herr ... äh ... Professor, also Herr Professor. Es ist so: Ich muss ja erst noch rüberkommen, also von Sylt, und ...“
„Mein Prof“ (super entspannt und fröhlich): „Ach hallo Frau

Köthe, worum geht's?"
Zusammenreißen! Schnell meine Reset-Taste drücken ... Vielleicht kann ich dann noch was retten ... Ich kann mich gut, gewählt und verständlich ausdrücken!

Ich: „Na ja, Sie wollen mich ja schon am Montag operieren und jetzt gibt's ein kleines Problem, also wegen der Voruntersuchungen und so ... Ich bin nämlich noch auf Sylt, aber ich kann ... äh ... in so circa fünf Stunden kommen, also in die Klinik ... Ich weiß nur nicht, ob das zeitlich noch langt ..."

Na bitte, ging doch.

„Mein Prof" (weiterhin freundlich und locker): „Ach, Frau Köthe, machen Sie sich doch keine Umstände. Das regeln wir alles direkt am Montag. Genießen Sie mal noch Ihre letzten Sylt-Urlaubstage ... Dann sehen wir uns schön erholt wieder. Das kriegen wir schon alles hin, kein Stress."

Hörte ich richtig? Nur wegen mir hat ER am Montag jetzt wahrscheinlich richtig Stress ... Das will ich nicht. Die sollen mich nicht hassen, weil sie mich überall dazwischenschieben müssen. Sie sollen mich vor allem ganz entspannt operieren und sich ordentlich Zeit für meine neue Brust nehmen ... Himmel, was mache ich jetzt?

Ich (stammelnd): „Wirklich kein Problem für mich, heute zu kommen. Ich packe jetzt und dann mache ich mich auf den Weg. Ist echt nicht schlimm. Mache ich gerne."
„Mein Prof": „Ganz ruhig. Entspannen Sie sich! Kommen Sie

Montag um acht Uhr. Dann regeln wir alles. Ich wünsche Ihnen noch schöne Tage. Grüßen Sie die Insel von mir."

Ich: „Ja, danke ... Vielen Dank. Bis Montag dann."

Ich war schweißgebadet, aber ruhig. Der Chef hat mit mir persönlich telefoniert und es wieder einmal geschafft, mir sämtliche Angst zu nehmen. Was für ein Genie – auf allen Gebieten. Ich wusste, warum ich ihm bedingungslos vertraute. Ich hatte noch zwei wunderschöne gedankenfreie Tage und selbst zu Hause am Abend vor der OP, als ich meine Klinik-Tasche gepackt habe, war ich die Ruhe in Person. Das lag vielleicht auch daran, dass ich einen ganz entscheidenden Punkt noch direkt vor dem Urlaub geregelt hatte.

Einen Tag vor dem „Henkersurlaub“ auf Sylt hatte ich noch einen wichtigen Gesprächstermin mit „meinem Prof“. Wobei, dass er wichtig war, habe ich erst später begriffen. Um diesen Termin hat ausnahmsweise mal er gebeten, nicht ich. Mit dem Gedanken „Na, dann wird er wohl kurz über die kranke Brust gucken und uns noch einen netten Urlaub wünschen.“ gingen Carsten und ich in sein Büro. Selbstverständlich ging's um die bevorstehende OP. Irgendwie hatte ich mir nicht wirklich Gedanken gemacht, ob bzw. was es noch so zu besprechen gab. „Mein Prof“ fing an, zu erklären, wie operiert wird, wie und wo geschnitten wird und betonte zum x-ten Mal extrem vorsichtig, dass sie wahrscheinlich nicht brusterhaltend operieren könnten und er mir weiterhin leider dringend raten muss ... Ich fiel ihm ins Wort: „Sie soll ganz ab. Es nützt ja nichts.“ Er völlig erleichtert: „Super Entscheidung. Ganz ehrlich: Nur so können wir hundertprozentig sagen, dass da nichts mehr kommt. Ihr Krebs ist einfach zu aggressiv. Wären Sie meine Frau, hätte ich das Gleiche gesagt.“ Ich glaube, Carsten war baff – über meine Entscheidung und darüber, wie gefasst ich war, war doch bis dahin mein größter Wunsch, dass brusterhaltend operiert werden kann. Ich weiß auch nicht, warum ich auf einmal so entschieden habe und ich dabei auch noch so gefasst war. Ich habe dafür keine plausible Erklärung – auch heute nicht. Mein Gefühl sagte mir, dass die Brust wegmusste. Das war es aber, was „mein Prof“ einen Tag vor Urlaubsbeginn von mir wollte: Er wollte mir schon vorher schonend beibringen, dass sie abmusste. Und er wollte mich dazu bringen, dass ich es vorher selbst entscheide. Genau das hat er geschafft – und mir ging es gut dabei. Ich äußerte aber einen Wunsch: „Ich möchte nicht aufwachen und eine Seite ist platt. Geht das?“ Er erklärte, dass man sofort in der gleichen OP mit einem Wiederaufbau beginnen könne. Die Brust würde amputiert werden, man könne aber wahrscheinlich die Haut erhalten. Wie viel Haut weggeschnitten werden müsse, sehe er erst während der OP. Allerdings müsse man die Brustwarze entfernen, da hier die Milchgänge zusammenlaufen und sich genau an dieser Stelle am häufigsten neue Karzinome bildeten – wenn man rückfällig würde. In die Höhle würden dann ein Expander sowie ein aufpumpbares Kochsalzkissen gesetzt werden. Dieses Kochsalzkissen sollte noch während der OP mit etwas Lösung gefüllt werden. So würde ich nach der Narkose aufwachen und hätte trotz Amputation schon wieder einen neuen kleinen Hubbel, der mal zu einer neuen Brust werden sollte. Alle zwei Tage würden in dieses Kochsalzkissen bis zu hundert Milliliter neue Lösung gespritzt werden – so lange, bis die Brust größer sei als die andere. Dieses Provisorium sollte dann für drei Monate bestehen bleiben, um die Haut zu dehnen. Nach diesen drei Monaten sollte ein Teil der alten Naht geöffnet und das Provisorium gegen ein normales Implantat ausgetauscht werden. Fertig. Geiler Plan. Ich habe sofort freudestrahlend abgenickt. Super: Ich wache aus der Narkose auf und „da" ist gleich wieder was. Ohne weitere Nachfragen wie „Ist das sehr schmerzhaft?" oder „Wie lange dauert die OP dann?" verließen wir die Praxis Richtung Urlaub. Alles egal ... Hauptsache nach der OP ist „da" wieder was. Ich war so glücklich über meine tapfere Entscheidung und die medizinischen Möglichkeiten. Ich schwöre, dass ich nach diesem Gespräch nie wieder über eine brusterhaltende OP nachgedacht habe. Die Entscheidung war gefallen. Ich habe mir damit selbst eine seelische Last genommen.

Wundern Sie sich bitte nicht, wenn ich in dieser Diskussion eigentlich gar nicht auftauche – wir haben über dieses Thema nämlich gar nicht diskutiert, Miri hatte diese entscheidende Frage irgendwann ganz für sich alleine beantwortet: „Schatz, ich habe eine Entscheidung gefällt." Sie war aus der Dusche gekommen und dabei, sich abzutrocknen. Ihr Körper war nackt und sie rubbelte sich gerade über die Glatze. Nicht ein einziges Härchen befand sich am gesamten Körper. Ich hatte mich längst an diesen Anblick gewöhnt. Und nicht nur das, ich fand, dass Miri weiterhin sensationell aussah. Übel, dass ich nicht so eine ebene Kopfform habe, das würde mir helfen, mit meinem fortscheitenden Haarausfall etwas entspannter umzugehen.

„Was für eine Entscheidung", fragte ich, obwohl ich ahnte, was kommen würde.
„Ich werde mir die Brust ganz abnehmen lassen.
Nix mit Teilamputation oder so."
„O.k.!"
Das war unsere gesamte „Diskussion" über dieses Thema. Ich hatte vorher beschlossen, Miris Entscheidung bedingungslos mitzutragen. Außerdem fand ich, hatte sie richtig entschieden.

Ich möchte zu diesem Thema abschließend noch eines sagen und ein wenig vorgreifen. Ich habe bis heute viele Ergebnisse brusterhaltender OPs gesehen. Teilweise befand sich anstelle der Brust nur noch ein ungeformter Hautlappen. Meine drei Karzinome lagen alle an der Innenbrust, das heißt: Man hätte mir dort richtig viel Gewebe wegschneiden müssen und das wiederum hätte geheißen, dass ich nie wieder ein Shirt oder eine Bluse mit einem schönen Ausschnitt hätte tragen können, geschweige denn einen Bikini. Ganz ehrlich: Ich habe die beste Wahl getroffen. Ganz ehrlich: Egal was für einen Ausschnitt ich trage (und ich trage gerne tiefe Ausschnitte, ich bin schließlich noch nicht scheintot): Man sieht alles, aber nicht, dass ich Brustkrebs hatte und schon gar nicht, dass ich amputiert bin. Brustkrebserkrankte sollten gut nachdenken und die Möglichkeiten abwägen: Eine brusterhaltende OP birgt immer ein Restrisiko, hinzu kommen die Nachbehandlungen in Form von Strahlentherapie und Tabletten. Bei einer Amputation gibt es kein Restrisiko und in den meisten Fällen ist keine Strahlentherapie nötig. Für mich steht eines fest: Sollte meine linke Brust auch noch erkranken: ab damit und fertig – und diesmal ohne quälende und traurige Gedanken.

An diesem Abend gingen wir ganz normal ins Bett, Miri zog ihren Schlafanzug an. Sie fragte mich augenzwinkernd:
„Willst du noch mal gucken?“
„Was gucken?“
„Meine Brust.“
„Nein.“
„Feigling. Mach schon. Morgen ist sie nicht mehr da.“
„Ich will aber nicht.“
„Sag hinterher nicht, ich hätte dich nicht gefragt.“

Ich wollte wirklich nicht, weder gucken noch anfassen. Abschied nehmen war blöd. Bei ihren Haaren hatte ich das auch nicht gemacht. Die Haare würden ja wiederkommen. Und die Brust würde auch wieder da sein, das hatten wir so mit den Ärzten ausgemacht. Sie würde anders sein, klar. Aber die Brust würde wieder da sein.

Endlich war er da: mein OP-Tag. Ich wollte es hinter mir haben. Unnötig zu erwähnen, dass für die ganze Woche bis zu dreißig Grad und Sonne, also traumhafte Strandtage, vorausgesagt waren. Dufte. Volltreffer, Punktlandung. Carsten hatte sich für meinen OP-Tag sowie die folgenden Tage freigenommen – das erste Mal in meiner Krebszeit. Also nicht, dass Sie es falsch verstehen. ICH wollte nicht, dass er Urlaubstage nimmt. Da hätte ich mich ja noch kränker gefühlt. ER wollte die Urlaubstage auch nicht nehmen, weil er wusste, dass ICH es nicht wollte. Aber unsere Firma wollte es. War auch gut so. So hatte ich ihn wenigstens noch mal direkt vor der OP gesehen. Es lag ja auch immerhin im Rahmen der Möglichkeiten, dass ich nicht bei ihm, sondern bei den Engeln aufwachte. Irgendwie war ich überhaupt nicht aufgeregt. Ich hatte gut geschlafen – abgesehen von meinen unzähligen Toilettengängen und Schwitzattakken, aber die waren ja schon in Fleisch und Blut übergegangen und somit normal. Meine Tasche stand gepackt im Flur – die gleiche Tasche, die mich schon treu zu meinen sechs Chemos begleitet hatte. Sie hatte sozusagen eine Glücksbringerfunktion. Deswegen werde ich mich niemals von ihr trennen können – o.k., ich trenne mich auch von meinen 26 bedeutungslosen Taschen nicht. Welche Frau trennt sich generell gerne von Taschen? In meiner Tasche befanden sich (das ist jetzt ein wunderbares Gedächtnistraining): acht Glücksschweine (ein sehr beliebtes Krankengeschenk), Kulturtasche (mit einer Menge Schminke – wenn es einem ohne Brust und ohne Haare schon scheiße geht, will man wenigstens im Gesicht gut aussehen), Schlafanzug (selbstverständlich neu gekauft), Bademantel (farblich natürlich passend zum Schlafanzug), Adiletten (der Klassiker), die vorher verordneten medizinischen BHs (die gingen selbstverständlich gar nicht, aber hatte ich eine Wahl?), Slips (dazu später mehr), ein Buch, ein Portemonnaie mit „Notgroschen", Zeitschriften (für jede Situation: „Für Sie", „Brigitte", „Gala", „Bunte", „Schöner Wohnen" und wie sie alle heißen). Das war's auch schon – mehr brauchte man ja auch nicht, um sich auf einer Krankenstation zu integrieren. Punkt sieben war zu Hause Abfahrt. Um acht sollte ich da sein. Wir wohnten aber nur geschätzte zehn Minuten Fahrzeit von der Klinik entfernt. Egal. Lieber zu früh als zu spät. Was wenn es gerade an DEM Morgen einen Verkehrsstau, Blitzeis oder gar eine Schneekatastrophe gegeben hätte? Wir waren also um viertel nach sieben in der Klinik. Entspannt schlenderten wir ins Büro „Stationäre Aufnahme". Übrigens findet man eher den Weg aus dem schwierigsten Labyrinth als dieses Büro. Es befand sich in einer kleinen mit zwei Türen ausgestatteten Abzweigung eines Krankenhausgangs im Parterre – so unscheinbar, dass man im kühnsten Traum nicht dran gedacht hätte, dort richtig zu sein. In diesem „Versteck" wurden also täglich zig Neulinge eingecheckt? Man sollte den Patienten vorher Navigationsgeräte zuschicken oder einen Preis ausloben – für denjenigen, der es am schnellsten findet: „Herzlichen Glückwunsch. Sie haben den Tagesrekord gebrochen. Sie haben nur fünfzehn Minuten benötigt, um die Patientenaufnahme zu finden. Dafür gibt's eine Telefonkarte fürs Telefonieren am Krankenbett gratis." Direkt vor der Patientenaufnahme standen drei Stühle. Daraus ergab sich das nächste Problem. Nirgendwo stand ein Schild, dass es sich hier um eine Art Wartezimmer handelte. Das hatte zur Folge, dass jeder, der dieses Aufnahme-Büro überhaupt gefunden hat, erst mal, meist ohne überhaupt anzuklopfen, vorsichtig in dieses Büro lugte und fragte: „Ich möchte stationär aufgenommen werden. Bin ich hier richtig?“ Die Antwort: „Ja, sind Sie. Bitte nehmen Sie noch kurz im Wartebereich Platz. Ich rufe Sie gleich auf.“ Dieses hatte umgehend eine Gegenfrage zur Folge: „Und wo ist der Wartebereich?“ Es wirkte sich positiv auf die Situation aus, wenn bereits ein anderer Patient auf diesen unscheinbaren Stühlen saß und sich mit den Worten „Hier. Sie müssen HIER warten!“ einmischte. Wenn er besonders nett und hilfsbereit war, sagte er einem auch, dass ER dort schon 25 Minuten saß. Ich kannte dieses ganze Szenario ja schon von meiner Port-OP. Soll heißen: Ich wusste, wo die Patientenaufnahme war und ich wusste, dass man eine Tugend mit sechs Buchstaben mitbringen musste: GEDULD. Zur Erinnerung: Wir waren um sieben zu Hause losgefahren, um halb acht vor dem Aufnahmezimmer (Tagesrekord? Gewinn?) und um zehn nach acht war ich immer noch nicht „aufgenommen“. Nun hatte ich „meinem Prof“ ja versprochen, um acht auf der Station zu sein. Ich hätte im Erdboden versinken können. Das ging GAR NICHT – wie peinlich. Irgendwann steckte ich den Kopf ins Büro (wohl wissend, dass dort gerade ein anderer Patient die Aufnahmepapiere ausfüllte), um mitzuteilen, dass man mich auf Station eins erwartete. Man versprach mir, dass ich umgehend aufgerufen würde und man die Station über meine Verspätung informieren würde. Wie nett. Gesagt, getan. Geschätzte dreieinhalb Stunden später (um halb neun) durften wir endlich auf Station und wurden dort von den Schwestern liebevoll empfangen. Ich bekam ein Einzelzimmer und wurde gebeten, mich häuslich einzurichten, mich auszuziehen, den Kittel anzuziehen und mich ins Bett zu legen. Wie? Ins Bett legen? Ich war doch gerade erst aus meinem Bett zu Hause aufgestanden. Ich war frisch geduscht und der Tag war noch mindestens genauso frisch wie meine duftende Haut. Es wurde also ernst. Mein Herz schlug bis zum Hals. Ich geriet beim Schrank- und Schubladeneinräumen in Panik. Carsten versuchte, mich wieder mit den Worten „Du hast ein Zimmer mit Fördeblick. Für so was zahlen Urlauber hier viel Geld!“ aufzumuntern. Mir war in dem Moment echt nicht nach lachen zumute. Ich wusste nicht, ob ich wollte, dass jetzt alles ganz schnell losging, oder ob ich wollte, dass jemand sagt, ich hätte noch drei Stunden Zeit. Scheiß Gefühl. Und was war überhaupt mit den ganzen Untersuchungen und Gesprächen, die noch vor der Operation stattfinden sollten? Wie surreal. Ich lag in einem XXXL-OP-Leibchen in einem Krankenhausbett. Unter dem Leibchen eine OP-Netzunterhose – wie sexy. Ein Gedanke jagte den nächsten. Völlig ungeordnet. Irgendwann kam ein Grünkittel mit einem gelben Zettel in der Hand. Ein Anästhesist. Mein Anästhesist. Ich füllte den Zettel aus und erläuterte nebenbei: „Raucher? Nein. Wobei ... Also, jetzt rauche ich nicht mehr, aber dafür habe ich vor bis vor vier Jahren Kette geraucht.“ Das täte nichts mehr zur Sache, meinte er grinsend. „Gewicht: 55 Kilogramm ... Also, ich wiege jetzt 55 Kilogramm, aber eigentlich wiege ich nur 53 Kilogramm ... Das liegt an den ganzen Chemos.“ Das täte nichts zur Sache, wiederholte er grinsend. „Zahnteile? Nein ... Oder doch? Ich habe ein Frontzahnimplantat.“ Erneut seine Standardantwort: Das täte nichts zur Sache. Und wieder jemand, der wahrscheinlich dachte, ich hätte nicht alle Latten am Zaun. Mir ist es im Nachhinein auch echt peinlich, dass ich so wirres Zeug geredet habe, aber woher sollte ich auch wissen, worauf es bei einer Vollnarkose ankommt?! Ich hatte schließlich vorher noch nie eine bekommen. Er klärte mich rasch noch über die Risiken einer Narkose auf. Bla, bla, bla ... Ins linke Ohr rein, aus dem rechten wieder raus. Bloß nicht zuhören. Bloß nicht realisieren, was hier überhaupt passierte. Er verließ das Zimmer. Endlich Ruhe. Wären da bloß nicht die Schwestern gewesen, die fortan im Minutentakt das Zimmer betraten. Wie auf dem Bahnhof. Die eine nahm mir Blut ab, die andere gab mir im Auftrag des Anästhesisten-Grünkittels eine „Scheiß-egal-Pille" und die nächste hatte Infoblätter in der Hand. Ich blätterte sie apathisch durch: Telefon anmelden, Hausordnung, wie bestelle ich mein Essen richtig und so weiter. Da ich nicht wusste, wie viel Zeit ich noch hatte, bis sie mich aufschlitzten, beschäftigte ich mich mit den zwei wichtigsten Dingen: Essen und Telefon. Ich schickte Carsten gegen seinen Willen runter, um mein Telefon am Bett anzumelden. Wie sollte ich sonst ab morgen Mitleidsbekundungen erhalten. Ich kümmerte mich derweil um das Thema Nahrungsaufnahme. Es war mittlerweile zwölf Uhr, es duftete auf dem Flur nach leckerem Gulasch und ich war drauf und dran, die nächstbeste Schwester zu bestechen. Ich hatte seit dem Vorabend nichts gegessen – nichts essen dürfen. Folter. Ich schwor mir: Euch werde ich es zeigen. Zur Strafe (auch wenn es ihnen wahrscheinlich scheißegal war) bestellte ich mir für die nachfolgenden Tage alles, was die Karte hergab. Frühstück: zwei Brötchen, zwei Brote, Müsli, Obst, Kaffee, Milch, Joghurt, Ei. Zwischenmahlzeit: Banane, Joghurt, Obstsalat. Mittag: Eintopf mit Vorspeisensalat und Nachtisch. Nachmittag: Kuchen. Abendbrot: zwei Graubrote, zwei Schwarzbrote, Wurstplatte, Käseplatte, Obst, Joghurt, Suppe. Wunderbar. Das war erledigt. Mir doch egal, was die in der Küche von mir denken. „Es geht ums nackte Überleben", dachte ich mit knurrendem Magen. Auf die Idee, dass ich am Tag nach der OP noch immer nichts essen durfte oder gar nicht konnte, kam ich zum Glück nicht. Carsten kam hechelnd zurück ins Zimmer. Er hatte seinen Auftrag im Laufschritt erledigt – aus Angst, mir nicht mehr tschüs sagen zu können. Und ganz ehrlich: Er war kaum aus der Tür, da dachte ich das Gleiche: „Was, wenn ich JETZT abgeholt werde." Ich hätte darauf bestanden, auf ihn warten zu dürfen – und wenn ich mich hätte am Kleiderschrank festketten müssen. Wir quatschten noch ein wenig. Mensch, war ich gut drauf. Ich unterhielt mich blendend mit ihm. Die Worte sprudelten nur so aus mir heraus. Nur warum unterbrach er mich immer? Er sagte, dass er mich nicht verstehe. Wie, nicht verstehen? Ich sprach doch laut und deutlich. Muss er noch so kurz vor der OP anfangen, zu streiten? Wie unfair von ihm. So viel zum Thema „Scheiß-egal-Pille" ... Sie wirkte. Ich schlief offenkundig ständig ein, antwortete Minuten später und so langsam, als hätte ich gerade erst das Sprechen gelernt. Das hat Carsten mir später erzählt. Ich empfand alles als normal. Eine Schwester kam rein. Sie sagte, dass es in wenigen Minuten losginge. Ich maulte sie an, dass meine „Scheiß-egal-Pille" nicht wirke. Carsten konterte. Also, wie konnte er mir widersprechen?! Ich war mittlerweile auf 180. Zeternd wurde ich runtergeschoben. Carsten gab mir trotzdem ein liebes Küsschen auf den Mund. Ich nahm das Friedensangebot an.

Bei R.SH hatte man mir fünf Tage freigegeben. „Bleib zu Hause. Kümmere du dich um deine Frau. Wir kümmern uns um deine Sendung." Eine tolle Geste. Und im Nachhinein weiß ich auch, dass mein Fehlen im Sender mehr als sinn-

voll war. In dieser folgenreichen Woche hatte ich bei Miri zu sein.

„Sollte ich nicht wieder aufwachen, möchte ich nicht, dass du gleich wieder heiratest", sagte Miri.
„Du wirst wieder aufwachen."
„Trotzdem. Versprich mir das."
„Versprochen."

Dann kamen die Schwestern. Ich blieb noch ein paar Minuten. Stand alleine im Zimmer. Einfach so. Dann ging ich.

Ich glaube, ich bin damals nach Hause gefahren und habe dort gewartet. Drei oder vier Stunden. Gesessen und gewartet. Wo hätte ich an diesem Tag auch hingehen sollen?

Sekunden später setzte ein unkontrollierbares Ganzkörperzittern ein. Jetzt war ich offenkundig aufgeregt, trotz „Scheißegal-Pille". Die Schwestern versuchten, mich abzulenken. Ich bewundere Krankenschwestern und Schwesternschülerinnen. Alle. Jede einzelne. Sie sind Hol- und Bringservice, Reinigungskraft, Pflegerin, Psychologin und seelischer Mülleimer. Sie machen mehrere Jobs in einem, werden aber nur für einen Job bezahlt. Sie arbeiten verdammt schwer – körperlich und mental. Jeden Tag aufs Neue. Sie können sich keine Fehler und schlechten Tage erlauben. Sie verdienen meiner Meinung nach definitiv zu wenig Geld für das, was sie tun. Dem wird hoffentlich jeder zustimmen, der schon einmal im Krankenhaus gelegen hat. Das Gleiche gilt für die Ärzte in Krankenhäusern. Ich finde, das musste mal gesagt werden. Es wird zwar nichts ändern und sie können sich davon nichts kaufen, aber egal. Ich kam vor dem OP an. Zack – raus aus dem Bett und auf die metallene OP-Pritsche rutschen. Ich weinte. Ich hatte Angst und zitterte weiterhin am ganzen Körper. Die Schwestern drückten noch mal sanft meine Hand und sagten, dass es eigentlich schon fast geschafft sei. „O.k., ist Ansichtssache", dachte ich. Aber sie meinten es ja nur gut. Weil noch kein OP-Saal frei war, schob man mich in einen stockfinsteren Seitengang. Der Gang war so schmal, dass zwischen meiner Pritsche und dem Schrank auf der anderen Seiten kaum jemand durchgehen konnte. Es musste dort aber jemand durch und zwar schätzungsweise alle dreißig Sekunden. Eine vermummte OP-Schwester nach der nächsten stieß gegen meine Pritsche und versuchte, irgendwas aus dem Schrank zu fummeln. Ich sah nur ihre Hinterteile. Ich versuchte mich in ungezwungener Konversation. „Na, alles gefunden?" Sie antworteten mir freundlich, aber wie einem Kleinkind. Ganz langsam und überdeutlich sagten sie: „Jaaa, keeeiiine Aaangst. Siiieee weeerden gleeeich geeehoolt ... uuund daaannn geeehts looosss." Jede streichelte dabei meine Wange. Waren die alle irre? Man konnte doch ganz normal mit mir sprechen. Heute weiß ich, dass sie normal mit mir gesprochen haben. Schuld für die erneuten Wahrnehmungsstörungen war die „Scheißegal-Pille". Nach gefühlten zwei Stunden schob man mich in den OP. Man stellte mich hin, um meine Zeichnungen (auf meiner Brust wurden vorher von einem Arzt mit Edding die Schnittlinien eingezeichnet) zu überprüfen. Dann wurde die Braunüle (eine Plastiknadel zur Infusion) gesetzt und ein Vermummter, den ich einfach mal als meinen Anästhesisten von morgens einordnete, sagte, dass sie mir jetzt gleich ein Mittel spri... Von da an weiß ich nichts mehr, gar nichts. Weg war ich. Im Land der schönen Träume. Man sagt ja, dass man in der Vollnarkose wilde Sachen erzählt. Dass die Ärzte die OPs beenden und wissen, welchen Schauspieler man heimlich vergöttert oder wen man in seiner Firma auf den Tod nicht ausstehen kann. Ich lebe besser mit dem Gedanken, dass es ein Schauermärchen ist. Ich habe auch nicht nachgefragt, ob ich etwas erzählt habe. Wie gesagt: Weniger wissen ist manchmal mehr.

Eigentlich setzt meine Erinnerung an diesen Tag jetzt erst wieder so richtig ein, quasi ab dem Moment, als ich im Aufwachzimmer am Bett saß und Miris Wange streichelte: „Alles o.k.?" Sie reckte den Daumen nach oben. „Siehst du", sagte ich, „bist ja doch wieder aufgewacht. Habe auch auf die Schnelle keine gefunden, die ich hätte heiraten wollen." „Prima Spruch zum Lösen der Spannung", dachte ich, doch Miri war schon wieder eingeschlafen.

Ich wachte auf. Kurzer Blick nach links und rechts. Ich war im Aufwachraum – das dachte ich mir jedenfalls so. Ich fragte: „Wo ist mein Mann und wie spät ist es?" Eine Schwester sagte lieb, aber bestimmt, dass sie mir die Fragen schon sechsmal beantwortet hatte. Aha. Ich überlegte und kam zu der Erkenntnis, dass ich die Antworten nicht wusste. Ich traute mich noch einmal zu fragen. Sie antwortete genervt: „Ihr Mann war schon hier. Sie haben auch schon mit ihm gesprochen. Es ist sechzehn Uhr." Ich bedankte mich und griff mit der nächsten Frage an: „Wann komme ich auf mein Zimmer?" Sie erklärte, dass ich mich noch eine halbe Stunde gedulden müsste. Jetzt hatte ich Zeit, mich zu fragen: „Wie geht's mir überhaupt?" Nach dreimal

Recken und Kopf bewegen schlussfolgerte ich, dass es mir eigentlich gut ging. Mir war nicht übel und ich hatte keine Schmerzen. Erleichterung. Ist noch alles dran an mir? Ach nee, die haben ja meine Brust weggeschnitten. Ich bewegte meine Arme und Hände unter der Decke, zog sie hervor, traute mich aber nicht, die Bettdecke von meinem Oberkörper zu ziehen und nachzusehen, wie es aussah. Glücklicherweise war ich furchtbar müde und schlief über diesen Gedanken wieder ein. Dann brachte man mich nach oben in mein Zimmer. Ich hatte alles hinter mir und es ging mir so weit gut. Ich war so glücklich, dass ich vor Freude hätte schreien können. Mein Krebs war weg. Sie hatten ihn einfach weggeschnitten. Konnte ich jetzt eigentlich sagen, dass ich gesund bin? Hatte ich den Krebs besiegt? War das Teufelchen weg? Im Zimmer erwartete mich Carsten. Ich strahlte. Ich sah wie die Anspannung von ihm abfiel. Für die Angehörigen ist so eine OP mindestens genauso schwierig. Sie haben ebenfalls extreme Angstgefühle. Es muss Psychoterror sein, so viele Stunden warten zu müssen und nichts tun zu können. Wir quatschten und lachten. Mittendrin schlief ich immer mal wieder ein. Irgendwann wurde mir bewusst: Da war doch noch was. Hatten sie Krebszellen in meinen Lymphen gefunden? Ich schickte Carsten auf Erkundungstour.

Der Prof wollte gerade Feierabend machen und hatte seinen Kittel schon ausgezogen. Trotzdem sagte er: „Kommen Sie rein, Herr Köthe.“
„Und, wie ist es gelaufen?“, fragte ich. Wie viele besorgte Ehemänner werden ihm diese Frage wohl vor mir schon gestellt haben, während die Frau frisch operiert auf der

Station vor sich hindämmerte?

Vom Prof gab's positive Nachrichten: Die OP war super verlaufen. Ob die Lymphknoten auch vom Krebs befallen waren, konnte er mir noch nicht sagen.

Die kommenden Stunden wurden heftig. Miri mochte sich kaum bewegen. Zum einen waren da die Nervenschmerzen, genau dort, wo man ihr die Brust abgenommen hatte. Zum anderen tat es exakt an der Stelle weh, an der die Drainageschläuche aus ihrem Körper kamen. Miri konnte nicht sitzen und nicht liegen. Stehen ging einigermaßen, doch zum Stehen war sie eigentlich zu schwach. Also wieder hinlegen – schon tat wieder alles weh.

Trotz Herzklopfen schlief ich immer wieder ein. Langsam setzten auch die Schmerzen ein. Klar. Das musste ja irgendwann so kommen. Ich rief nach der Schwester. Sie brachte mir Tropfen. Dann dämmerte ich Stunde um Stunde vor mich hin. Das Einzige, was ich wahrnahm, waren die Schmerzen – und visuell Carsten. Er saß in der Ecke des Zimmers und las. Ich weiß noch, dass ich gedacht habe: „Ach Gott, der Arme ... Er muss hier doch nicht sitzen. Er kann seine Zeit auch sinnvoller nutzen. Ich bin o.k. und bei meinen Schmerzen kann er mir eh nicht helfen." Ich weiß nicht, ob ich es schaffte, ihm diese Gedanken mitzuteilen. Ich glaube, ich habe ihn bis heute nicht gefragt. Irgendwann sagte er, es wäre jetzt 21 Uhr und er würde sich so langsam auf den Weg nach Hause machen. Er grüßte mich in meinem wachen Moment von meinen Eltern, meiner Schwester, meinen Freundinnen. Wann hatte er mit denen allen bloß telefoniert? Ich kam mehr schlecht als recht durch die Nacht. Ein Hoch auf die Schmerzmittel. Da, wo mal meine rechte Brust war, stachen tausend Stecknadeln. Ich klingelte ständig nach der Schwester. An Schlaf war nicht zu denken.

Die nächsten Tage waren, um es milde auszudrücken, übel. Ich konnte sie mir auch nicht schönreden – trotz des megageilen Sommerwetters. Das erste Mal, dass mich so was nicht freute, sondern nervte. Draußen über der Förde stand schon morgens die glühende Sonne. Die erste Schwester, die in der Frühe mein Zimmer betrat, bekam sofort ein wimmerndes „Können Sie bitte die Vorhänge geschlossen lassen!?" um die Ohren. Trotz der geschlossenen Vorhänge war eine brütende Hitze in meinem Zimmer. Am Tag nach der OP stellte die Schwester das Frühstückstablett mit den vorher von mir üppig angekreuzten Köstlichkeiten auf meinen Rollcontainer. Machte sie Witze? „Aua" und „bäh" war alles, was ich empfand. Doch sie kannte kein Erbarmen und sagte fröhlich: „So, bitte auf die Bett-Kante setzen." Dreimal gelacht. Bei mir ging gar nichts. Ich schwöre: Ich konnte vor Schmerzen nicht einmal meinen Kopf auch nur einen Zentimeter zur Seite drehen. Dazu dachte ich bei jedem Atemzug, dass ich sterbe. Ich atmete ein und hielt die Luft an, so lange es ging – immer und immer wieder, den ganzen Tag, Tage lang. Ich konnte nicht einmal weinen, denn weinen hieß, nach Luft zu japsen – und das war unerträglich schmerzhaft. Man fuhr mein Rückenteil vom Bett ein wenig höher. Ich schrie. Man fuhr es wieder runter. Ich schrie wieder. Jede noch so kleine Bewegung und ich drehte durch vor Schmerz. Zwei Schwestern packten mich unterm Rücken und setzten mich hin. Ging gar nicht, aber ich musste auf die Toilette. Sie hakten mich unter und begleiteten mich. Ich merkte, dass die Schmerzen im Stehen besser zu ertragen waren. Ich blieb den ganzen Tag stehen – angelehnt an Heizung und Fensterbank. Irgendwann kam die Visite. Die Schwestern hievten mich wimmernd zurück ins Bett. Das Team von „meinem Prof" (er selbst war ja nicht da, deswegen war ich ja einen Tag eher operiert worden) fragte fröhlich, wie es mir ging und ob sie mal gucken dürften. Ich dachte nur: „Scheiße geht's mir! Finger weg, hier wird heute nix geguckt!“ Aber ich sagte tapfer: „Mir geht's nicht so gut. Klar können Sie gucken, aber vorsichtig, und ich will es nicht sehen.“ Man machte mir mein OP-Hemd hinten auf. Gott, was das alleine wieder für Schmerzen waren. Ich biss die Zähne zusammen und erschrak: Aus den Augenwinkeln sah ich, dass man die riesige Narbe nicht mal mit einem Verband versehen hatte. Hatten die vergessen, es zu verbinden? Das konnte so unmöglich richtig sein. Zögernd fragte ich, ob man schon wisse, ob in den Lymphknoten Krebszellen seien. „Dr. Blondi“ verneinte und sagte, dass das Ergebnis leider erst in ein paar Tagen vorliege. Das hieß wieder warten und zittern. Sie und „Dr. Naish“ (den ich nach dem Windsurfprofi Robby Naish benannte, denn er war definitiv ein Surfer – das sah ich gleich beim ersten Mal, als ich ihn traf, an seinen Schwielen) befanden, dass die Wunde gut aussah. Wenigstens das. Sie erklärten, wie jetzt verfahren werden sollte. Sie wollten allen Ernstes am kommenden Tag mit dem Aufspritzen der „neuen“ Brust beginnen. Bitte nicht! So weit war ich noch nicht. Nicht noch mehr Schmerzen zu denen, die ich eh schon hatte. Ich wollte weiterhin tapfer sein und sagte nichts. Zum Glück konnten Sie keine Gedanken lesen. „Alles auf eigene Gefahr. Ich kann trotz Schmerzen beißen, spucken und boxen“, waren meine Gedanken.

An diesem Tag, in einem Moment, als die Schmerztabletten gerade wirkten, zeigte Miri auf ihre Brust.
„Guck mal, da ist noch was.“

„Stimmt. Sieht ganz normal aus.“ Unter dem OP-Hemd sah man deutlich, dass dort zwei Wölbungen waren. Links die gesunde Brust und rechts das Kochsalzkissen, das man anstelle der fehlenden Brust eingepflanzt hatte und das in den kommenden Tagen aufgepumpt werden sollte.

„Ich hab' noch nicht richtig geguckt“, sagte sie, „nur einmal ganz kurz, heute früh bei der Visite.“
„Und?“
„Na ja, sieht anders aus.“

Kurze Zeit später kam wieder ein ganzes Ärzteteam, um nach dem Rechten zu sehen. „Haben Sie es schon gesehen, Herr Köthe?“, frage der Professor.
„Nein.“
„Wollen Sie?“, fragten die Ärzte.
„Klar.“

Vorsichtig nahmen sie Miris OP-Hemd zur Seite, hoben einen kleinen, wattierten Schutz von der operierten Stelle und dann sah ich sie zum ersten Mal – Miris neue Brust. Ohne Brustwarze, dafür mit einer dicken Narbe, die von der Achselhöhle abwärts verlief und dann einmal quer über die Brust ging.

Ich war weder erschrocken noch erschüttert. Ich fand ehrlich, dass die Brust trotzdem hübsch aussah.

„Ist klasse geworden“, sagte einer der Ärzte.
„Wie findest du es?“, fragte Miri mich.
„Toll. Ich find's toll.“ Und das war nicht gelogen.

Essen, Besuch, essen, Visite, Besuch, essen. Krankenhausalltag. Ehrlich: Man braucht eigentlich weder Bücher noch einen Nintendo, geschweige denn Zeitschriften oder einen Fernseher. Man kommt eh zu nichts. Essen, Besuch, Visite, essen, Besuch, essen – ob es einem gut geht oder schlecht. Von wegen Erholung, um gesund zu werden. Am zweiten Tag nach der OP war ich richtig im Stress. Frühstück war um viertel vor neun durch und meine Eltern sollten um zehn zu Besuch kommen. Dafür sollte und wollte ich mich im Rahmen meiner weiterhin von Schmerz erfüllten Möglichkeiten hübsch machen. Hieß: Ich wollte mich erstmalig nach der OP waschen bzw. frisch machen. Man hatte eine nette Schwesternschülerin abgestellt, um mir zu helfen. Doch auch sie konnte einige Probleme nicht lösen. Problem Nummer eins: die fiesen Nervenschmerzen. Problem Nummer zwei: die fiesen Drainagebeutel, die fies festgenäht in meiner rechten Seite piekten. Problem Nummer drei: Ich war so was von fies wackelig auf den Beinen, als hätte ich die letzten sechs Wochen im Bett verbracht. Ich wollte aber unbedingt zeigen, dass es voranging. Die Schwesternschülerin seifte mir den Rücken ein. Wie bei einem kleinen Kind oder einer alten Oma. Peinlich. Ich putzte mir die Zähne. Während ich mich wusch, ging die Schwesternschülerin auf „Klamottensuche“. Sie rief: „Ich hole ein frisches OP-Hemd ... Und wo sind Ihre Unterhosen?“ Ich: „Im Schrank hinter den Socken.“ Sie: „Nee, da sind sie irgendwie nicht.“ Ich: „Einfach mal ein bisschen herumwühlen.“ Sie: „Ja, hab’ ich schon ... Ich finde sie aber nicht.“ Ich: „Das kann doch nicht sein. Ich weiß, dass ich sie eingepackt habe.“ Sie: „Ehrlich! Hier sind keine Unterhosen – nur String-Tangas.“ Ich irritiert: „Ja, richtig.“ Sie: „Ja, aber es sind keine Unterhosen da.“ Ich: „Doch, die Tangas.“ Sie kam lachend ins Badezimmer: „Frau Köthe, die OP-Kittel sind doch hinten offen.“ Jack Nicholson in „Was das Herz begehrt“ lässt grüßen (in einer Krankenhaus-Szene sieht man seinen blanken Hintern – zum Schreien komisch). Mir schoss das Blut ins Gesicht. Hätte einem das nicht schon mal jemand vor dem Einzug sagen können? Ich war doch vorher noch nie über mehrere Tage in einem Krankenhaus. Woher sollte ich das wissen? Zum Glück kamen meine Eltern gleich. Das war ihre erste wichtige Aufgabe: ihrer 38-jährigen Tochter Unterhosen zu besorgen. Damit ist eindeutig bewiesen: Eltern haben ihre Kinder ein Leben lang an den Hacken. Die Ärmsten.

Man hatte das implantierte Kochsalzkissen bei der OP mit hundert Millilitern gefüllt. Jetzt sollten alle zwei Tage zwischen sechzig und hundert Milliliter dazugepumpt werden. Ich wünschte mir für den nächsten Tag acht bis neun Windstärken und einen freien Tag für „Dr. Naish“ – er sollte aufs Wasser gehen und surfen. Oder „Dr. Blondi“ und er sollten beide mittags in der Kantine verdorbenen Fisch essen und sich den folgenden Tag wegen „oben und unten“ krank melden. Ich war noch nicht so weit. Vor allem schmerztechnisch. Ich versuchte, den nächsten Tag zu verdrängen, und vegetierte weiter vor mich hin. Ich versuchte, so viel und so lange im Zimmer herumzustehen, bis mich jemand ins Bett zwang. Ich nahm Unmengen an Schmerzmitteln. Gaben die mir etwa nur Placebos? Es schlug nichts an, so mein Gefühl. Meine Eltern kamen zu Besuch und fanden mich in einem erbärmlichen Zustand. Es tat mir leid und ich versuchte, mich zusammenzureißen, aber mir ging es echt übel.

Oh ja, diese Tage waren fies. Die Stimmung war dementsprechend gereizt, zumal ich mich bei den Hilfestellungen manchmal tölpelhaft anstellte. Wenn Miri aufs Klo wollte, dann war es mein Job, die Drainagebeutel zu sortieren und ihr hinterherzutragen. Einmal blieb ich mit einem der Schläuche an der Türklinke zum Bad hängen ... Den Schrei hat man wahrscheinlich im ersten Stock noch gehört.

„Zum Glück bist du kein Krankenpfleger“, raunzte Miri mich an und setzte sich fluchend aufs Klo. Dann mussten wir aber auch schon wieder lachen. Trotz aller Schmerzen – ihre Lebensgeister kehrten langsam zurück.

Der nächste Tag kam – die Schmerzen wurden nicht weniger. Irgendwann war Visite und „Dr. Blondi“ und „Dr. Naish“ drohten, dass sie gleich mit der Spritze zum „Aufpumpen“ kämen. Schon Minuten später standen sie mit einer Riesenspritze und einer Art Metall-Pendel vor meinem Bett. Hä – und jetzt? Hier war Esoterik wohl eher fehl am Platz. Oder wollten sie auspendeln, wo es am wenigsten weh tat? Nein, mit dem Pendel suchten sie auf meiner Brust die Stelle, in die sie hineinstechen wollten. Das Kochsalzkissen hatte offenbar so etwas wie ein magnetisches Ventil. Schon dockte das Pendel an meiner Brust an und dann – zack – rein mit der aufgefüllten Spritze. Sollte ein Luftballon Gefühle haben, weiß ich jetzt, wie er sich fühlt, wenn er aufgeblasen wird – das ist nämlich echt unangenehm. Pfft, pfft, pfft ... Es drückte und spannte so doll, dass ich es nach sechzig Millilitern nicht mehr aushielt. Es wäre kein Problem, aufzuhören, man müsse dann nur ein paar Tage länger Befüllen, sagten „Dr. Blondi“ und „Dr. Naish“.

Aufhören. Stopp. Es nützte nichts. Wir stoppten. Ich weinte, denn ich konnte nicht einen Atemzug machen. Zu den derben Schmerzen kam ein kaum auszuhaltender Druck der aufgepumpten Brust. Meine neu gestaltete Brust musste insgesamt viermal befüllt werden. Vor jedem „Aufpumpen" hatte ich Schiss. Ich hielt jeweils nur sechzig Milliliter Befüllung aus. Während meine alte Brust weiterhin in ein B-Körbchen passte, mutierte meine neue Brust auf Körbchengröße Doppel D. Trotzdem fand ich meine neue Brust hübsch, obwohl sie so groß war, unecht und ohne Brustwarze. Ich war froh, dass ich überhaupt wieder eine hatte.

Rückblickend fällt mir übrigens auf, dass ich mich weniger an die Schockmomente und mehr an die schönen Augenblicke des Krebsjahres erinnere. Zum Beispiel an unseren ersten Klinik-Spaziergang nach der Brust-OP. Ich stützte Miri. Gemeinsam ging es ganz langsam zum Fahrstuhl, von dort zwei Etagen nach unten. Wir sind am Vorzimmer vom Prof vorbei, Miri klopfte an die Glastür und gab den Assistentinnen zu verstehen: „Guckt mal, ich gehe schon wieder zu Fuß." Dann sind wir ganz, ganz langsam in den Klinikgarten. Die Sonne schien und die Bäume bekamen Blätter. Es war ein traumhafter Maitag. „Morgen schaff' ich das schon ganz alleine", sagte Miri.

Am vierten Tag nach der OP ging es mir langsam besser und ich entschloss mich, mich anzuziehen und alleine nach draußen zu gehen – ich meine das echte Draußen, nicht den Flur. Meine „Morgentoilette“ absolvierte ich mittlerweile in einer Rekordzeit von unter einer Stunde! Demnach war ich um halb zehn ausgehfein und hatte somit bis zum Mittagessen circa zwei Stunden Zeit. Ich sagte meiner Familie, dass sie mich statt im Zimmer im Klinik-Café mitten auf dem Klinik-Gelände treffen könnten. Stolz wackelte ich los. Ich wackelte wirklich, denn ich ging so, wie es am wenigsten schmerzte: ohne die Füße hochzuheben, langsam und damit unsicher. Aber ich war wieder selbstständig. Das machte mich glücklich. Noch glücklicher wäre ich gewesen, hätten meine Beine nicht in diesen abgrundtief hässlichen Oma-Stützstrümpfen gesteckt. Aufgrund der besagten sommerlichen dreißig Grad trug ich darüber lediglich einen Rock. Alles andere wäre bei diesen Temperaturen Selbstmord gewesen. Die Strümpfe klebten wie Pattex an meinen Beinen. Das Beruhigende: Ich befand mich auf dem Gelände des Uniklinikums. Hier sahen alle so beknackt aus. Also Scheiß auf Herrn Blahnik und Frau Prada. Der Vollständigkeit halber: Meine stützgestrümpften Füße steckten in ollen Adiletten. Schick. So viel zum Thema Krankenhausmode.

In dem besagten Café ist sinnigerweise Selbstbedienung. Dass eventuell an einigen Tagen der eine oder andere kranke Kunde vorbeikommen könnte, daran hat man wohl bei dem Konzept überhaupt nicht gedacht. Echt klasse, als gerade Amputierte seinen Kaffee selbst zu zapfen und auf einem Tablett zur Kasse zu balancieren – und danach mit diesem auch noch durch eine immer geschlossene Tür nach draußen gelangen zu müssen. Wer im Rollstuhl kommt, ist richtig angeschmiert. Wer auch immer das mal geplant hat ... Des Weiteren befand sich das Café in der direkten Einflugschneise des Rettungshubschraubers. Ohne Worte, oder?! Ein Leidensgenosse am Nachbartisch erzählte mir, dass im vergangenen Jahr beim Anflug des Rettungshubschraubers sämtliche Sonnenschirme wie Streichhölzer umgeknickt und dann weggeweht seien. Zum Glück wäre aber nichts passiert. Super. Mit amputierter Brust dahin, draußen einen Kaffee trinken und mit Platzwunde am Kopf und gebrochenen Knochen wieder zurück auf Station. Im Übrigen hatte man nicht mal aus der Geschichte gelernt. Die Sonnenschirme thronten noch immer über uns bzw. wieder. Nichtsdestotrotz liebte ich das Café. Was blieb mir anderes übrig. Außerdem bedeutete es für mich ein Stück weit Freiheit. Ich saß jeden Tag dort. Direkt nach dem Frühstück hinterließ ich am Stationstresen meine Handynummer und verabschiedete mich mit den Worten „Ich bin dann mal weg." so lange es ging ins Café. Manchmal ließ ich das Mittagessen auf Station ausfallen, manchmal orderte mich eine Schwester zurück, da die Visite nahte. Ich dagegen orderte alle, die mich besuchen wollten, ins Café. Somit saß ich dort Stunde um Stunde und konnte den Klinikalltag anderer Menschen beobachten. Nach spätestens zwei Tagen wusste ich, wer zu welcher Gattung gehörte. Da waren zum einen die, die nur ein Wasser oder einen Kaffee vor sich auf dem Tisch stehen hatten und fast sekündlich an ihrem Handy herumfummelten. Sie waren Angehörige, die auf den erlösenden Anruf warteten, dass die OP beendet war und es ihren Lieben gut ging. Zum anderen waren da Stützstrümpfe wie ich, die nur ihre Zeit herumbekommen wollten.

Man grüßte sich. Gleiches Schicksal verbindet. Der eine oder andere hatte sogar noch eine piepende Maschine an seiner Seite, war verbunden mit ihr: am Arm, durch einen Schlauch in der Nase oder wie auch immer. Man half sich beim Tür aufmachen oder beim Gerät hochheben, um die Café-Stufen zu bezwingen. Niemand quatschte den anderen mit seiner Geschichte voll. Jedem reichte sein eigenes Leid und warum noch jemand anderes damit belasten. Gegen Mittag (was in Kliniken gewöhnlich ab circa elf Uhr ist) kamen die Kittel. Sie holten sich gesunde Salate oder ungesunde Pommes, stopften alles in Windeseile in sich hinein und redeten Fachchinesisch. Nach circa zehn Minuten war der Zauber vorbei und sie verschwanden genauso schnell, wie sie gekommen waren. Am drolligsten fand ich aber eine Spezies, die ab zwölf Uhr kam. Ich nannte sie „Raupe Nimmersatt“. Sie aßen genüsslich auf ihrer Station Mittag und bettelten wahrscheinlich noch um einen Nachschlag. Danach verabschiedeten sie sich dort zügig mit dem vorbildlichen Vorhaben, draußen Luft zu schnappen und sich zu bewegen. Statt des angekündigten Spaziergangs stürzten sie aber gezielt und schnellen Schrittes ins Café, um dann was zu tun? Richtig, um sich Currywurst mit Pommes oder Schnitzel mit Bratkartoffeln zu bestellen. Ich verwette noch heute Haus und Hof darauf, dass sie auf Station als Diät-Patienten geführt wurden und auf Reduktionskost gesetzt waren. Man erkannte sie auf hundert Meter Entfernung an ihrer imposanten „Hülle“. Wirklich durch und durch komisch.

Apropos Essen: Da gibt es noch eine kleine Geschichte, die ich versprochen hatte, niemandem zu erzählen. Carsten versprochen. Ich muss das Versprechen leider brechen, mein Schatz.

Nicht, weil ich dich anmeiern will, sondern weil man sich für seinen Appetit nicht schämen muss, schon gar nicht ein Mann deiner Statur (1,70 Meter groß, 53 Kilogramm schwer). Das Klinikessen war absolut genießbar – sagt Carsten. Er besuchte mich täglich vom späten Vormittag bis zum frühen Nachmittag. Er kam ins Café und schon bei elf Uhr herum fragte er aufgeregt wie ein kleines Kind, was es „oben" zu Mittag gäbe – denn ER aß mein Mittagessen. Heimlich. Er setzte sich zu mir aufs Bett und immer wenn die Tür aufging und eine Schwester kam, ließ er das Besteck fallen und ich kaute zur Tarnung genussvoll. Nicht, dass ich das Essen nicht mochte. Nein. Anfangs ließ ich es ihn essen, weil ich vor Schmerzen nicht mal etwas trinken konnte, nachher, weil ich noch so pappsatt vom Frühstück war (wir erinnern uns: Ich bestellte täglich das „Gourmet-Frühstück" bestehend aus mindestens elf Teilen), dass ich unmöglich um halb zwölf wieder etwas herunterbekam. Wir haben uns über uns schrottgelacht. Abends rief ich ihn an. Das Gespräch ähnelte sich täglich. Ich: „Hey, Schatz, ich bin's. Was möchtest du morgen? Gericht eins ist Schweinekotelett mit Karotten und Salzkartoffeln, Gericht zwei Gemüseeintopf mit Wursteinlage und das Vegetarische zwei Kartoffelpuffer mit Apfelmus."

Er: „Dann nehm' ich das Kotelett, aber die kleine Portion. Magst du mir als Vorspeise wieder einen Salat ankreuzen. Oder was ist die Suppe?" Ich: „Die Suppe ist Brokkoli." Er: „Lecker, dann nehm' ich die Suppe, aber keinen Nachtisch." Ich: „Auch kein Obst der Saison?" Er: „Ach doch, nehm' ich." Ich: „Wann kommst du morgen?" Er: „Wie heute." Ich: „Super. Freu mich. Schlaf schön." Er: „Du auch. Freu mich schon aufs Essen – ach, und auf dich." Ich spreche hiermit in Carstens Namen ein Lob an die

Klinikküche aus: Das Essen in der Frauenklinik war immer lecker. Das musste auch mal gesagt werden.

Stimmt, die Sache mit dem Mittagessen war echt lustig. Wobei ich mir ziemlich sicher bin, dass die Schwestern vom ersten Tag an durchschaut haben, wer von uns beiden sich da mittags die Portionen reingeschaufelt hat.

Und dann gab's natürlich auch in dieser Zeit die klassischen Klinik-Fettnäpfchen-Geschichten. Zwei Stockwerke unter Miris Zimmer befand sich nämlich die Entbindungsstation. Mehr als einmal kam es vor, dass Leute in den Fahrstuhl stiegen, mich erkannten und fröhlich sagten: „Schau an, der Herr Köthe auch hier? Gibt's frohe Nachrichten?"

Und ob es die gab. Wir waren gerade dabei, den Krebs zu besiegen.

Ich war jeden Tag besser zu Fuß. Am Sonntag, sechs Tage nach meiner OP, fing ich das Quengeln an. Ich wollte nach Hause. Unvorstellbar, dass ich bis vor drei Tagen noch solche Schmerzen hatte, dass ich sterben wollte. Schmerzen sind schnell vergessen. Das sagt auch jede Mutter, die eine Geburt hinter sich hat. Ansonsten gäbe es wohl kaum Frauen, die ein zweites Kind wollten. Vor der Visite am Montag nervte ich richtig. Endlich stand das „Grey's"-Team vor meinem Bett – erholt vom schönen Wochenende. Vor lauter nach Hause wollen hatte ich glatt vergessen, dass noch ein wichtiges Ergebnis ausstand. „Mein Prof" und sein Team vertrösteten mich, dass das Ergebnis, ob die entnommenen Lymphknoten krebsfrei seien, leider noch nicht vorliege. Man erwarte es für Donnerstag. Wir einigten uns, dass ich nach der Visite am nächsten Tag nach Hause durfte und am Donnerstag in die Sprechstunde bei „meinem Prof“ zum Nachgespräch sollte. Freude und Angst. Wie bei allem versuchte ich, nicht weiter darüber nachzudenken. Ein vorerst letztes Mal legte ich Carsten abends die „Speisekarte“ zum Auswählen vor. Ich wusste schließlich nicht, wann wir auschecken würden. Und bevor Carsten mir vom Fleisch fiel ...

Wir bekamen das Mittagessen nicht mehr mit. Es ging auf einmal alles ganz schnell. Cool, das erste Mal wieder mit nackten Beinen unter dem Rock. Endlich war ich die blöden Stützstrümpfe los. Bei jedem anderen Menschen hätte man aus den gewachsenen Beinhaaren wahrscheinlich Zöpfe flechten können. Meine Beine waren schier und sahen aus wie frisch rasiert. Die Chemos hatten also auch was Gutes. Mein Problem zeigte sich allerdings weiter unter: Ich musste dringend zur Pediküre – und dringend heißt bei mir gleich, sofort, in diesem Moment. Noch auf dem Weg zu unserem Auto schlug ich Carsten vorsichtig vor, dass er mich doch bei meiner Pediküre-Freundin absetzen könnte. Anfangs zeigte er mir einen Vogel. Nach ein paar Minuten Gebettel erhörte er meinen Pediküre-Hilfeschrei. Ich schickte ihn allein nach Hause und bat ihn, mich nach seinem Mittagsschlaf wieder abzuholen. Schön war's. Für meine Füße und für mich. Wir saßen bei über dreißig Grad draußen im Schatten, klönten und meine Füße wurden gepflegt. Irgendwann kam Carsten und brachte mich nach Hause. Das Telefon klingelte dort ununterbrochen. Irgendwie schön, irgendwie auch nervig. Alle wollten wissen, wie ich mich fühlte, wieder zu Hause zu sein. Wie wohl?! Prima, toll, super, aber ich hatte jetzt nicht das Gefühl, vor Freude weinen zu müssen. Ich hatte es doch gut in der Klinik. Alle waren nett und sehr bemüht. Alles war prima. Ich entschied vorerst, auf unserem Sofa zu nächtigen. Das Rückenteil ließ sich stufenlos verstellen und da ich wegen der Nervenschmerzen weiterhin am besten im Sitzen schlafen konnte, bot es sich an. Den nächsten Tag dümpelte ich so vor mich hin. Ich konnte ja nicht wirklich viel machen. Die Narbe war frisch, meine Brust, meine Achsel und mein hinterer Bereich vom Arm waren taub. Es fiel ja so einiges aus: Sport, Auto fahren, Hausarbeiten. Also behielt ich meinen Klinikalltag bei: ausgedehnte Badezimmersession, Spaziergang, Ausruhen mit Zeitschriften auf dem Sofa. Irgendwann merkte ich meine Aufregung, meine Aufregung vor dem nächsten alles entscheidenden Tag. Sekt oder Selters, schwarz oder weiß, hopp oder topp – oder mit deutlichen Worten: Leben oder Tod?

Wir sollten erst mittags bei „meinem Prof“ sein, aber ich wäre am liebsten schon zu um sechs Uhr morgens hingefahren, denn ich war vor Aufregung eh ab vier Uhr wach. Warten ist was echt Ätzendes – vor allem vor solchen Terminen. Ich wollte mich mit meinem Mann in der Klinik treffen. Er kam direkt aus der Firma, ich von zu Hause mit dem Taxi. Da war ich nun wieder in meinem zweiten Zuhause. Ich war kurz davor, auf „meine“ Station zu gehen, um zu sehen, wer die Frechheit besitzt, in „meinem“ Krankenzimmer zu wohnen. Auf dem Weg ins Wartezimmer wurde ich aus meinen Gedanken gerissen – ausgerechnet von „meinem Prof“, dem Mann, der mein Schicksal schon kannte. Mit einem für mein Empfinden neutralen „Hallo Frau Köthe, wir sehen uns ja gleich. Machen Sie sich mal keine Sorgen.“ ging er an mir vorbei. Ich war mal wieder zu ehrfürchtig und perplex, um ihn zu fragen, was das genau hieß. Hieß das „Machen Sie sich mal keine Sorgen, wir kriegen das schon hin, auch wenn wir Krebszellen in den Lymphen gefunden haben.“ oder hieß das „Machen Sie sich mal keine Sorgen, da war nichts.“? Carsten kam im Wartezimmer an. Endlich jemand zum Ausdiskutieren der Lage. Wir versuchten, die Worte „meines Profs“ weiter zu analysieren. Carsten legte den Schwerpunkt auf sein Auftreten und darauf, WIE er es gesagt hat. Hatte „mein Prof“ bestimmt, sanft oder eher mitleidig geklungen – oder doch fröhlich, aber nur gehetzt? Ich konnte mich nicht erinnern. Ich war überfordert. Ich kam mir vor, als ob ich eine Täterbeschreibung für die Sendung „Aktenzeichen XY ... ungelöst“ zum Fertigen eines Phantombildes liefern sollte. Ich bin überzeugt, dass ich mich auch bei einer echten Täterbeschreibung nicht daran erinnern könnte, welche Haarfarbe oder welchen Haarschnitt derjenige hatte, wie groß er war und ob er eine Jacke trug. Aus meiner Chemo-Birne geht derzeit alles so schnell wieder heraus, wie es den Weg hinein gefunden hat. Woher sollte ich also verdammt noch mal wissen, wie er geklungen hat?! Ich wusste noch nicht einmal, ob er einen weißen Arztkittel trug. In unsere hitzige Debatte rief jemand meinen Namen. Schock! Offenkundig wurden wir aufgerufen. Es ging los. „Mein Prof“ begrüßte uns (wie ich fand: neutral) und sagte schlicht: „Wir hatten definitiv vermutet, Krebszellen in den Lymphknoten zu finden. Wir haben aber nichts gefunden. Das ist Ihr Sechser im Lotto. Ich hoffe, Sie sind sich dessen bewusst.“ Ich: „Heißt das jetzt ...?“ „Mein Prof“: „Ja, das heißt, dass Sie gesund sind.“ Noch nie im Leben habe ich mich gefühlt wie in diesem Moment. Ich hätte die Welt umarmen können – fing aber erst mal mit „meinem Prof“ an. Was für ein unbeschreibliches Glück ich hatte. In meinem Mickey-Mouse-Kalender steht am 05.06.2008 schlicht aber in großen Lettern: „KREBS BESIEGT“. Diesen Tag werde ich in Zukunft feiern – als meinen zweiten Geburtstag.

Miri war nicht nur wieder gesund, sie fühlte sich auch wieder gesund. Zu gesund, wie ich fand. Nur mal als Beispiel: Ganze zwei Wochen (!) nach der OP kam sie mit an den Strand. Mein Freund Andreas Otto und ich, wir hatten in ein neues Schlauchboot investiert, inklusive leistungsstarkem Ein-PS-Motor. Für die Förde eigentlich gänzlich ungeeignet, uns war es egal. Wir luden ein zur großen Taufparty mit Sektempfang. Viele Freunde kamen und Miri hielt die „Taufrede“. Es war das erste Mal nach der OP, dass sie wieder richtig unterwegs war. Obenrum trug Miri zwar noch kein Bikini-Oberteil, sondern den Sicherheits-BH, den ich ihr während der Klinik-Zeit besorgen musste, aber egal: Sie fühlte sich super und einige der Tauf-Gäste fragten: „Ist das wirklich erst zwei Wochen her?" Und: „Wann hat sie denn wieder angefangen mit Fitness und Bewegung?" Die Antwort? Direkt an dem Tag, an dem man ihr gesagt hatte, dass der Krebs weg war.

Der 05.06.2008 war übrigens ein Donnerstag. An diesem Donnerstag begann ich meinen nächsten Kampf, meinen Kampf an der Gesundheitsfront. Gesundheitsfront – wie gut das klang. Ich musste schließlich wieder körperlich fit werden. Am liebsten wäre ich nach der Verkündung meines Sechsers in der Krebslotterie gleich eine Stunde an der Förde entlanggejoggt. Wie weit hätte ich es wohl geschafft? Hundert Meter? Höchstens. Nein, ich blieb realistisch. Ich hatte schon Krankengymnastik-Termine gemacht. Bei der Physiotherapeutin, die mich gleich einen Tag nach der Amputation besuchte und allen Ernstes die ersten Übungen mit mir machen wollte. Ich guckte sie damals verdutzt an, machte aber schließlich, was sie befahl. Füße hoch und runter, hoch und runter – liegend im Bett natürlich. Völlig richtig, die Patienten gleich zu quälen. Es lenkt ab und sie können nicht einrosten. Je eher daran, desto eher davon. Ich bin direkt nach dem Gespräch mit „meinem Prof" völlig übermotiviert ins Erdgeschoss der Klinik gegangen. Dort wollte ich das erste Mal an dem verordneten Gruppen-Krankengymnastik-Kurs teilnehmen. Ich war spät dran, aber ich schaffte es noch. Mit wehenden Fahnen betrat ich den Übungsraum – und wäre am liebsten wieder rückwärts rausgewandert. Alle Teilnehmerinnen saßen auf bunten Bällen. Alle Teilnehmerinnen hatten einen Holzstab in der Hand. Alle Teilnehmerinnen waren 25 Jahre älter als ich und starrten mich an. Die Therapeutin bat mich, mir ebenfalls Ball und Stab zu schnappen. Ich war gefangen. Ich kam mir vor wie in einer Folge der amerikanischen Serie „Golden Girls". Oder irgendwo war eine versteckte Kamera montiert. Bestimmt würde gleich Kurt Felix um die Ecke kommen und schlicht und ergreifend „Verstehen Sie Spaß?" in den Saal tröten. Aber er kam nicht und ich saß immer noch sprachlos auf dem Ball. Wir sollten darauf nach vorne, hinten und zur Seite rollen. Ich fragte mich, was der Quatsch sollte. Ich wollte gefordert werden und nicht so einen Baby-Kram in einer Ü-sechszig-Gruppe mitmachen. Wie peinlich – war ich doch früher einmal Leistungssportlerin, Deutsche Meisterin in „Rhythmische Sportgymnastik/Gruppe".

Stimmt wirklich! Es gibt tolle Fotos aus Miris aktiver Zeit. Und es gibt jede Menge Medaillen und Urkunden. Sehr zu meinem Leidwesen, ich besitze nämlich nicht eine einzige. Wenn Miri mich ärgern will, dann sagt sie: „Komm, wir holen unsere Urkunden. Ich hol' meine und du holst deine."

Die Damen unterhielten sich angeregt und witzelten beim Rollen auf dem Ball. Ich stöhnte und dachte, ich falle vor Anstrengung auf den Boden. Ruderbewegungen mit dem Stab, Übungen auf dem Boden ... Während ich prustete und schwitzte, erledigten die „Golden Girls" diese Übungen mit einer spielerischen Leichtigkeit. Ich hätte mich am liebsten bei jeder einzelnen Teilnehmerin für meine überheblichen Gedanken entschuldigt. Ja, ich war goldrichtig in diesem Kurs. Ich hatte mich mehr als überschätzt. Ich musste wieder bei null anfangen. Mein Akku war einfach leer. Meine erste halbe Stunde Gruppen-Krankengymnastik war anstrengender als alles, was ich jemals sport-

lich gemacht hatte. In die Freude meines Krebs-Sechsers der Stunde zuvor mischte sich jetzt Frust gepaart mit Erschöpfung. Ich war völlig fertig. Zu Hause musste ich erst mal aufs Sofa.
Am nächsten Tag ging ich gleich wieder in den Kurs. Die eingeschworene Ü-sechszig-Truppe begrüßte mich herzlich und stellte die ersten Fragen. Auch Brustkrebs? Wann und wie operiert? Wie viele Chemos und welche? Alle waren nett und hatten das Gleiche erlebt wie ich. Eine Schicksalsgemeinschaft. Das Alter spielte gar keine Rolle. Ich fühlte mich wohl bei ihnen und freute mich auf jede weitere Stunde. Die Krankengymnastikstunden blieben aber extrem anstrengend für mich. Daran merkte ich erst richtig, dass wohl noch tonnenweise Gift durch meine Adern floss. Es gab noch viel zu tun.

Sie merken: Stück für Stück näherten wir uns wieder unserem ganz normalen Leben. Eigentlich hatten wir uns ja eine „neue Lässigkeit“ verordnet. Wir wollten alles ruhiger angehen lassen, beim Sport nicht übertreiben und uns nicht mehr über Kleinigkeiten aufregen. Der letzte Vorsatz hielt nur ein paar Tage, genau bis zu dem Moment, als ein anderer Autofahrer Miri den Parkplatz wegschnappte: „Was fällt dem Kerl ein?“ Sie drohte, in die Luft zu gehen.
Ich beschwichtigte sie: „Hey, du hast Brustkrebs gehabt! Hätte ich irgendeinen Krebs besiegt, würde ich mich über gar nix mehr aufregen. Nimm doch den Parkplatz da vorne.“
„Ich will aber DEN Parkplatz. Das ist meiner.“
Und dann mussten wir schon wieder lachen. Wie so oft, auch in unserem Krebsjahr.

Die neu gewonnene Freizeit, die Termine, das gute Wetter und ich

Die Zeit nach dem 05.06.2008 war einfach nur schön. Das Wetter war ein Traum. Die Sonne strahlte, es war immer um die zwanzig Grad warm. Tagelang, wochenlang. So erinnere ich es. Oder ist es mir nur so vorgekommen, weil ich so glücklich war? Ich weiß es nicht. Es kam mir auf jeden Fall vor wie eine Art Belohnung, denn zu dem schönen Wetter kam noch ein weiterer Faktor: Ich war immer noch krankgeschrieben. Jetzt konnte ich anfangen, die Freizeit zu genießen. Ich war mit meiner inzwischen fünfjährigen Nichte Emma und ihrer Kindergartengruppe auf einem Ausflug im Aquarium (meine erste Unternehmung nach Klinikentlassung, deswegen werde ich diesen Tag nie vergessen) und ich war auf unzähligen Geburtstagen, denn fast meine ganze Familie hat im Juni Geburtstag. Wann hat man schon mal Zeit, sich in Ruhe Gedanken um Geschenke zu machen und sie zu besorgen, geschweige denn auf allen Feiern dabei zu sein, weil man keine Überstunden schieben oder am nächsten Tag früh raus muss? Ich genoss es. Und ich freute mich – und zwar ganz besonders auf den 20.6., einen Freitag. Auf den Beginn der Kieler Woche. Doch bis dahin hatte ich noch einen Termin bei „meinem Prof". Er wollte mit mir den Nachsorgeplan besprechen. Ich rückte wieder im Doppelpack bei ihm an. Carsten fungierte schließlich seit Beginn der Behandlung als mein Glücksbringer. Ohne ihn wäre es ein schlechtes Omen gewesen. Also musste der Arme (und er muss es auch heute noch) mit zu dem Termin bei „meinem Prof". Das Ergebnis der Besprechung: Ich bekam einen Flyer, auf dem genau beschrieben war, in welchen Abständen eine Mammografie und Sonografie der gesunden Brust, wann des Implantats, wann eine MRT (eine Magnetresonanztomografie zur Untersuchung des Gewebes) der gesunden Brust, wann ein gynäkologischer Abstrich und so weiter stattfinden sollte. Also frische Termine für meinen Mickey-Mouse-Kalender. Zum Schluss erwähnte „mein Prof“ etwas, was mich später noch viele Tränen kosten sollte. Zu der monatlichen „Schwitze-Spritze“ sollte ich unterstützend Tabletten namens „TTablette“ bekommen. Von diesem Medikament hatte ich Schlimmes gehört. Egal mit welchen Leidensgenossinnen ich sprach: Alle schimpften auf diese Tabletten. Der Grund: Alle behaupteten, durch diese Tabletten diverse Kilos zugenommen zu haben. Zunehmen, dick werden, da gehen bei mir die Alarmglocken an. Mein absolutes Reiz- und „No-go“-Thema. Ich war immer schlank und wollte es auch bleiben. Ich äußerte meine Bedenken. „Mein Prof“ erklärte, dass die Nebenwirkungen bei jedem Patienten anders seien. Er schlug mir einen Kompromiss vor. Ich solle die Tabletten probeweise drei Monate nehmen. Danach würden wir dann weitersehen. Ich verließ sein Büro und weinte. Zu Hause machte ich einen großen Fehler: Ich las mir im Internet alles zu „TTablette“ durch, was ich finden konnte. Ich las auch in Gesprächsforen. Wie dumm, wie blöd. Unverantwortlich. So was darf man NIEMALS machen. Natürlich suchte ich extra die Einträge von Frauen, die zugenommen hatten, zehn, fünfzehn, sogar zwanzig Kilo! Der Horror. Dazu gab es einige, die berichteten, dass sie seit „TTablette“ unter entzündeten Augen litten. Ich war fertig und sah mich schon als „Ugly Betty“. Für mich stand eines fest: Bevor ich fett, hässlich und damit depressiv werde, bekomme ich lieber wieder Krebs. Das war und ist auch heute noch mein voller Ernst. Ich entschied, die Tabletten nicht zu nehmen – auch nicht probeweise für drei Monate. Ich setzte meine Familie von meiner Entscheidung in Kenntnis. Begeistert waren sie nicht, aber sie verstanden es schon. Auch wenn sie es nicht verstanden hätten: Es ist und bleibt mein Körper – und so lange ich kann, werde ich über ihn bestimmen.

Klingt ganz schön entschlossen, meine Frau, oder? War sie auch. Dieses „TTablette"-Thema lag ihr echt auf der Seele. Ich war natürlich mit dem Prof einer Meinung: Miri sollte die Tabletten doch testen und wenn sich dann tatsächlich fiese Nebenwirkungen einstellen würden, dann könnten wir sie ja immer noch absetzen.
„Denk noch mal darüber nach", sagte ich zu Miri.
„Ich hab' nachgedacht, diese Nacht, die Nacht davor und die Nacht davor auch. Und alle anderen Nächte auch. Ich möchte das Zeug nicht."
Damit war die „Diskussion" beendet. Jeder weitere Widerspruch wäre auch zwecklos gewesen.

Ich machte einen Termin bei „meinem Prof", um ihm meine Entscheidung mitzuteilen. Ich hatte echt Angst vor diesem Termin, Angst davor, dass er versucht, mich mit allen Mitteln vom Gegenteil zu überzeugen, und mir androht, mich nicht weiter zu behandeln. Das wäre der Supergau. Zum ersten Mal wünschte ich mir, möglichst lange im Wartezimmer zu sitzen. Ich malte mir auf dem Weg dahin aus, eventuell noch jemandem den Vortritt zu lassen. Ich hätte ein Königreich dafür gegeben, „meinem Prof" die Entscheidung nicht mitteilen zu müssen, ich Schisser. Ich kam also ins Wartezimmer – und saß dort alleine. So etwas passiert einem wirklich auch nur dann, wenn man es EINMAL nicht braucht. Keine zwei Minuten später wurde ich aufgerufen. Schon geschätzte zwei Meter VOR dem Büro „meines Profs" fing ich an, zu weinen und mit tränenerstickter Stimme den Sachverhalt zu erklären. Ohne ihn anzusehen, hielt ich einen circa zehnminütigen Monolog und schloss mit den Worten: „Sie können jetzt ... schluchz ... auch ... schluchz, schnief, schnaub ... sagen, was Sie wollen ... schnief ... Ich bleibe dabei ... schnaub ... An meiner Entscheidung ... schluchz ... ist nichts zu rütteln. Punkt!" Ich war so erleichtert. Es war raus. Ich hatte es hinter mir. Mich traf fast der Schlag, als er sagte: „Nun beruhigen Sie sich erst mal. Worum geht's überhaupt? Sie haben so verzweifelt geschluchzt, dass ich nicht ein Wort verstanden hab'." Mir fehlten die Worte. Dann setzte bei mir erneut ein Tränenbach ein und er sah offenkundig keine andere Möglichkeit, als sich mit gezielten und leicht verständlich formulierten Fragen langsam heranzutasten. In einer Art Frage-Antwort-Spiel mit Multiple-Choise-Möglichkeit hatte er irgendwann herausgefunden, was ich ihm mitteilen wollte bzw. schon mitgeteilt hatte. Er dachte nach und dachte nach und dachte nach. Dann begann er seine Ausführung mit: „Also, ich sag' mal so ..." „Prima", dachte ich, „jetzt wird er mir sagen, wie dumm ich bin, diese Tabletten nicht zu nehmen. Zudem werden Worte wie unvernünftig, fatal oder nicht vertretbar fallen." All diese Worte benutzte er nicht. Er sagte eindeutig zu mir: „Ich verstehe Ihre Bedenken." Wie bitte? Hörte ich richtig oder träumte ich nur? In diesem Moment hätte ich alles für ihn getan: ein Lied gesungen, seine Einkäufe erledigt, seinen Garten von Unkraut befreit. Ich glaube, ich hätte sogar einen Hochzeitsantrag mit „JAAA!" beantwortet. Er verstand mich. Er verstand meine horrormäßige, nicht in den Griff zu bekommende, mich umbringende Angst vor dem Hässlichwerden. Er schlug mir einen Kompromiss vor: Solange ich die „Schwitze-Spritze" bekam, gestand er mir zu, keine „TTablette" einnehmen zu müssen. Wenn mit der Spritze im Februar 2010 Schluss ist, müssten wir aber „neu verhandeln“. Kompromiss angenommen. Er erklärte, dass er es im Moment so vertreten konnte, da die Brust ja amputiert wurde. Hätte er auch nur einen Funken Zweifel, würde er mich nicht aus seinem Büro gehen lassen, sagte er. O.k., das alles hieß im Umkehrschluss: Noch bis 2010 „Ruhe“ und nach den „neuen Verhandlungen“ musste ich dann wohl oder übel einen anderen Weg aus seinem Büro nehmen ... Vielleicht sollte ich dann aus dem Fenster springen. Nein, im Ernst, ich habe eine „Schonfrist“, in der ich mir erst mal keinen Kopf mache. Außerdem hoffe ich auf eine Weiterentwicklung der Medikamente und neue Studien. Mit Glück gibt's dann schon etwas Besseres als „TTablette“ mit weniger Nebenwirkungen. Wer weiß?! Diese Kuh hatte ich erst mal vom Eis. Ein wunderbares Gefühl. Ich rief sofort Mutti und Carsten an. Ich weinte wieder. Aber diesmal vor Erleichterung.

Die Klinik blieb mein Zuhause. Am nächsten Tag hatte ich gleich zwei Termine. Erst Krankengymnastik mit meinen „Golden Girls“ (ich war kurz davor, mich mit ihnen zu verabreden – zum Tanztee, Bridge oder Bingo) und dann hatte ich einen Termin im so genannten „Tumorzentrum“. Das Tumorzentrum ist eine Einrichtung unseres Universitätsklinikums Schleswig-Holstein. Es betreut, informiert, berät, begleitet und unterstützt Krebskranke. Deswegen finde ich den Namen auch unglücklich. Es müsste eigentlich „Krebshilfezentrum“ oder schlicht „Zentrum für Krebskranke“ heißen. Egal ob man sich einer Selbsthilfegruppe anschließen möchte, sich über Behindertenausweis oder die berufliche Wiedereingliederung informieren will oder psychologischen Beistand braucht – bei allem hilft das Tumorzentrum. Ich hatte dort einen Termin gemacht, weil ich unbedingt eine Reha beantragen wollte. Meine Erwartung in diesen Termin war nicht sonderlich hoch, was daran lag, dass ich nicht wusste, was mich genau erwartet. „Erst einmal alles angucken und anhören", dachte ich mir. Schon nach wenigen Minuten war ich begeistert. Mich empfing eine äußerst nette und fröhliche Frau. Frau Sch. plauderte drauflos, wühlte sofort Anträge heraus und erklärte mir, dass für mich sogar noch die Beantragung einer Anschlussheilbehandlung in Frage komme, da ich mich noch in der dafür vorgegebenen Frist von zwei Wochen nach der OP befand. Aha! Wieder etwas gelernt. Das Tolle daran war, dass ich in diesem Fall damit rechnen konnte, schnell einen Termin zu bekommen. Sie fragte, wann es mir passte und ob ich einen Wunsch hätte, was den Reha-Ort anging. Klar hatte ich das. Und zwar beides. Ich wollte zur Kieler Woche in Kiel sein, hatte Mitte August einen Sylt-Urlaub mit Carsten gebucht und sollte Ende August wieder operiert werden. Der Expander musste schließlich raus und mein Implantat musste eingesetzt werden. Also blieb nur der Juli übrig. So viel also zum Termin. Wo ich mich erholen wollte, war auch klar. Ich wollte unbedingt auf „meine" Insel, nach Sylt, in die Reha-Klinik bei Westerland, die Carsten und ich bei unseren Fahrradtouren gesehen hatten.

Wir füllten die Anträge gemeinsam aus und ich bekam die Aufgabe, die noch fehlenden Unterlagen von der Krankenkasse und den Ärzten zu besorgen. Kein Problem. Ich verließ das Tumorzentrum richtig fröhlich. Ich war dankbar für die nette und unkomplizierte Hilfe. Schon am nächsten Tag reichte ich die fehlenden Unterlagen ein. Frau Sch. war mindestens genauso aufgeregt wie ich. Sie hatte sich einen richtigen „Plan“ überlegt. Sie wollte die Unterlagen plus Terminanfrage gleich an die Einrichtung nach Sylt schicken, nein, faxen, das ging schließlich schneller. Sie hätte das schon mal so gemacht und das hätte super geklappt. Ich liebe es, wenn Leute mitdenken. Alles entwickelte eine Eigendynamik. Bei Fragen kommunizierten wir von Anrufbeantworter zu Anrufbeantworter. Alles lief wie am Schnürchen. Frau Sch. machte mir allerdings nicht viel Hoffnung, dass es zu Juli klappen würde, da der Juli besonders für Sylt ein beliebter und damit überlaufener Reha-Monat war. Klar, wer möchte auf Sylt nicht gerne eine Reha im Sommer antreten? Egal. Für den Fall, dass es nicht klappen sollte, bat ich darum, ab September eingebucht zu werden. Frau Sch. war aber „heiß“ und wollte tun, was sie konnte. Fakt ist: Alleine hätte ich es so nicht hinbekommen. Es fehlen einem einfach zu viele Infos zu diesem Thema. Man kann unheimlich viel unbewusst falsch machen. Einen Tag vor Beginn der Kieler Woche erwischte Frau Sch. mich auf meinem Handy. Es hätte beides geklappt, Juli und Sylt. Es war durch Zufall ein Platz in DER Reha-Klinik frei geworden. Es gab aber zwei Haken: Ich müsste nach zwei Wochen Reha in ein anderes Zimmer umziehen und mich innerhalb der nächsten Stunde entscheiden, ob ich den Platz wollte. Ich hätte ausflippen können vor Freude. Klar wollte ich den Platz. Erst Kieler Woche, danach direkt nach Sylt in die Reha. Mehr ging ja wohl nicht. Man muss im Leben auch mal Glück haben.

Mein Sommer 2008: Kieler Woche und Anschlussbehandlung auf Sylt

Die Kieler Woche begann am Freitag, den 20.06.: zehn Tage lang Partystimmung, zehn Tage lang tausende Menschen aus aller Herren Länder in Kiel, zehn Tage lang Segelflair, zehn Tage lang was erleben. Ich durfte zehn Tage lang dabei sein, von morgens bis abends, wenn ich wollte. Ich liebe die Kieler Woche, jedes Jahr wieder. Ich war völlig außer Rand und Band vor Vorfreude. Der Krebs war besiegt und ich wurde von Tag zu Tag fitter. Krankengymnastik, Spaziergänge und Fitnessstudio, ich tat alles, um die fiese Chemie aus meinem Körper zu „prügeln". Carsten bremste mich. Er bestand drauf, dass immer ein „Aufpasser" an meiner Seite war. O.k., damit konnte ich leben. Meine Amputation war schließlich gerade erst drei (!) Wochen her. Auf meiner langen Narbe war noch eine dicke, fette Kruste. Dazu steckten Expander und Kochsalzkissen in meiner neuen Brust, die zudem „Pamela-Anderson-Körbchengröße" hatte. Nicht auszudenken, wenn da jemand gegenrempelte und womöglich noch alles aufplatzte oder das Kochsalzkissen auslief. Bäh, was für ein ekeliger Gedanke! Das Problem waren vor allem die Abende an den Wochenenden. Da ist es erfahrungsgemäß extrem voll und die Leute drängeln, was das Zeug hält. Ich machte mir aber keine Sorgen und flanierte mit „meinen Mädels" nur da, wo Platz war. Hauptsache dabei sein. „Meine Mädels" hatten absolutes Verständnis, nahmen mich ständig in ihre Mitte, damit mich niemand anrempelte, und blieben den ganzen Abend bei mir. So manches Mal dachte ich mir: „Wenn die alle wüssten, dass ich gerade amputiert wurde."

Um das hier mal deutlich zu sagen, wegen dieser Kieler-Woche-Nummer hatten Miri und ich richtig Streit, sie war nämlich drauf und dran, ihre Kräfte völlig falsch einzuschätzen:

„Ich fühle mich topfit."
„Und was ist, wenn einer im Gedränge gegen deinen Busen fällt?", fragte ich.
„Ich pass' schon auf."
„So doll kannst du gar nicht aufpassen."
„Kann ich doch."

Nee, ganz im Ernst, mir ging das alles ein bisschen zu schnell. Andererseits konnte ich natürlich auch verstehen, dass Miri Lust auf Party hatte. Logo, nach all dem, was war.

Ich war stolz auf mich. Stolz, dass ich so schnell wieder auf den Beinen war und mir kaum jemand etwas anmerkte. Der eine oder andere Ex-Kieler, der nur zur Kieler Woche und zu Weihnachten in seine Heimat an die Förde zurückkehrt und mich somit lange nicht gesehen hatte, sprach mich auf „Günther" an. „Neue Frisur? Die sind jetzt so dick, deine Haare, und noch blonder." „Ja, neue Frisur", sagte ich. Ich wollte schließlich niemandem einen netten Abend verderben und ihn mit meiner Krankheitsgeschichte volllabern. Nach diversen schönen Schiffsfahrten, Spaziergängen über die „Fressmeile" an der Förde, Regatta-Tagen in Schilksee (einem Kieler Stadtteil direkt am Meer) und Abenden vor einer der unzähligen Musikbühnen war sie wieder einmal zu Ende, die Kieler Woche. Carsten und ich sind dann üblicherweise immer traurig, da es wieder ruhig in Kiel wird. Zu ruhig. Die Stadt fällt zurück in ihren tiefen, langen Schlaf – bis zur nächsten Kieler Woche. Dieses Mal war ich nicht ansatzweise traurig. Ich packte meine Koffer für meine Reha auf Sylt, bei laut Wetterexperten bevorstehendem Sommerwetter. Jippieh!

Am 02.07.2008 reiste ich auf Sylt an. Es war der heißeste Tag, den ich auf der Insel jemals erlebt hatte – und ich mache dort seit der Steinzeit Urlaub. Das war ein gutes Omen. Die Reha entpuppte sich als voller Erfolg, aber das ist eine andere, eigene Geschichte, die ich irgendwann auch noch mal aufschreiben werde, versprochen. Nach vier Wochen (ich hatte das Glück, die Reha eine Woche verlängern zu können) verabschiedete ich mich von der Insel – allerdings nur für zwei Wochen. Nach einer Stippvisite zu Hause ging es mit Carsten für zwei Wochen zurück auf die Insel. Ich war so glücklich.

Es waren zwei wunderschöne Wochen. Am meisten freute ich mich über meine deutlichen Fortschritte beim Fahrradfahren. Den Berg, den ich im Mai-Urlaub noch für unüberwindbar hielt, schaffte ich mit links. Ich musste zwar ab und an mal eine Pause einlegen, aber wir konnten wieder richtige Radtouren unternehmen. Es ging endlich wieder aufwärts. Der Urlaub war traumhaft – aber das sind eigentlich alle unsere Sylt-Urlaube. Wobei unsere Sylter Freunde immer witzeln: „Miri und Carsten kommen für die nächsten zwei Wochen. Das heißt: Das Wetter wird schlecht.“ Glückspilze, was das Wetter anging, waren wir wirklich nicht. Der Mai-Urlaub war eine Ausnahme. Es war alles wie gewohnt: ein Mischmasch aus Sonne, Regen und Wind. Vor allem aber erinnere ich mich rückblickend an eines in diesem Urlaub: Ich ging das erste Mal „oben ohne“ vor die Tür, also ohne „Günther“, auf einen Spaziergang durch die Braderuper Heide. Meine Haare wuchsen nach: dunkel. Sie waren zwar erst einige Millimeter lang, aber irgendwie wollte ich schon mal Luft an meinen Kopf lassen. Komisch war es. Das war so gar nicht ich. Raspelkurzes Haar und dazu noch dunkel. Ich war noch nicht so weit, „Günther“ aus meinem Leben zu verbannen, aber ich ließ ihn in diesem Urlaub zumindest schon ab und an mal in meiner Tasche verschwinden. Auf einer Radtour zur „Buhne 16“, einem Strandbistro in Kampen, zum Beispiel: Die Sonne strahlte zur Abwechslung mal, der Himmel war azurblau, die Dünen schimmerten gelb. Eine wunderbare Fotokulisse. Ich posierte mit und ohne „Günther“. Witzige Fotos. Aber auch danach setzte ich „Günther“ lieber wieder auf.

Ist ja logisch, dass Miri ohne „Günther“ noch ein wenig unsicher war, aber, ganz ehrlich, Miri sah mit dem kurzen Haar klasse aus. Es gibt noch heute einige, die sagen: „Mensch, damals mit deinen kurzen Haaren, da hast du mir richtig gut gefallen.“
Ein Foto von ihr mit dem kurzen Haar steht übrigens in einem Regal bei uns im Schlafzimmer. Vom Bett aus kann ich es sehen. Und auf meinem Nachttisch ist ein Bild von Miri aus den Tagen, als wir uns die ersten Male heimlich trafen. Damals hatte sie langes, blondes Haar, das ihr fast bis zum Po ging. Beide Fotos stehen irgendwie ein bisschen für das, was wir gemeinsam erlebt hatten.

Irgendwann geht jeder Urlaub mal zu Ende. Während Carsten wieder Schleswig-Holstein wecken musste, musste ich zurück auf den OP-Tisch. Und raten Sie mal, was die Wettervorhersage sagte? Richtig: Der Sommer sollte zurückkehren. So etwas nennt man Punktlandung, oder?!

Mit einem fröhlichen „So, da bin ich wieder. Haben Sie mich schon vermisst?“ traf ich am 01.09.08 auf Station eins ein. Es folgte ein Untersuchungsmarathon. Blutabnahme, Sonografie und so weiter. Unters Messer sollte ich erst am nächsten Tag kommen. Ich war noch die Ruhe in Person. Weniger entspannt sah ich die Entwicklung der Temperaturen außerhalb der Klinik: zwanzig Grad und Sonne. Kotz! Hätte es nicht einmal eine Woche durchgängig regnen können, wenn ich in der Klinik liege?! Einziger Lichtblick: Ich durfte nach den Untersuchungen die Klinik verlassen und musste erst am nächsten Morgen um sieben Uhr wieder antreten. Ich fuhr sofort zu unserem Strandkorb nach Strande. Carsten kam nach der Sendung auch dorthin. Carsten scherzte: „Da hat dein OP-Team morgen auch was zu gucken, wenn du braungebrannt auf dem OP-Tisch liegst.“ Ich sagte: „Die sollen sich gefälligst ausschließlich auf meine Brust konzentrieren.“ Am nächsten Morgen checkte ich um sieben Uhr ein. Carsten hatte sich freigenommen und war erneut mein einziger Glücksbringer, der nicht rosa war und kein Ringelschwänzchen hatte. Alle anderen Glücksbringer waren eben meine Schweine. Ich kam in ein Zweibettzimmer zu einer älteren Dame. Einige Tage zuvor wurde auch ihr eine Brust amputiert. Das sah ich sofort. Unter ihrem Nachthemd war es auf einer Seite platt und an der Seite kamen die Drainageschläuche heraus. „Die Arme“, dachte ich. Ich wusste, dass sie noch Schmerzen haben würde. Ich hatte meinen Gedanken noch nicht zu Ende gedacht, da begrüßte sie mich auch schon fröhlich: „Oh, ich habe eine neue Zimmernachbarin.“ Ich stellte mich vor und fing langsam an, mich häuslich einzurichten. Keine Spur von Aufregung. Ich wusste schließlich seit meiner letzten OP, dass die Mühlen in Krankenhäusern ziemlich langsam mahlen. Mit Glück hatte ich bis nachmittags Schonfrist. Die Tür schlug auf und zwei Schwestern schauten mich mit großen Augen an. Sie sollten mich jetzt runterfahren, sagten sie. Wie runterfahren? In den OP? Offenkundig wurde mein Termin vorverlegt. Ich bekam vor Panik sofort eine Schwitz-Attacke. Ich war weder umgezogen noch hatte ich meine Kontaktlinsen herausgenommen, geschweige denn war ich auf der Toilette gewesen. Sie gaben mir zwei Minuten und blieben sicherheitshalber im Zimmer. Ich pellte mich aus meinen Klamotten, zog OP-Kittel und Netzhöschen an, nahm die Kontaktlinsen heraus, gab Carsten einen schnellen Kuss und legte mich in mein Bett.

Stimmt, diese Geschichte hatte ich, ehrlich gesagt, vergessen. Lustig war das. Wir beide kamen uns an diesem Morgen wie ganz routinierte Krankenhaus-Patienten vor. Schließlich wussten wir inzwischen, was zu tun war, ganz im Gegensatz zu damals im Januar, als Miri ihre Port-OP hatte. War ja aber auch klar, wir waren schließlich vorher nie krank gewesen. Krankenhaus? Vielleicht mal, um einer Freundin zu gratulieren, die ein Kind bekommen hatte. Oder alle paar Jahre mal ein Krankenbesuch, das war's aber auch schon.

Jetzt, so dachten wir, haben wir die Geschichte hier im Griff. Na ja, und plötzlich wurden aus uns Profis wieder Krankenhaus-Amateure. Es musste alles zack, zack gehen und wir konnten uns nur flüchtig verabschieden. Aber dieses Mal war ohnehin lockerer. Wir hatten keine „Wenn-ich-nicht-wieder-aufwache-Gespräche" und „Du-darfst-nicht-gleich-wieder-heiraten-Diskussionen". Wir wussten: 98 Prozent des

Weges lagen hinter uns, die letzten zwei Prozent würden wir auch noch schaffen.

Die Schwestern nahmen ihre Plätze ein und schoben mich hastig aus dem Zimmer. Auf dem Weg bekam ich noch schnell meine „Scheiß-egal-Pille". Wie sollte die aber bitte schön noch wirken? Ich weinte. Vor Aufregung, vor Angst? Keine Ahnung. Irgendwie war ich noch nicht so weit, noch nicht fertig, fühlte mich gehetzt. Das Schlimmste war, dass ich vor lauter Aufregung vergessen hatte, auf Toilette zu gehen – und meine Blase war voll und ich glaubte, Durchfall zu bekommen. Gott, wie peinlich. Was mussten die von mir denken? Im OP herrschte Stress. Ich überwand meine Scham und erklärte sofort, dass ich es nicht mehr geschafft hatte, auf die Toilette zu gehen. Jemand aus dem Narkose-Team erwiderte nur sarkastisch: „Na super." Konnte ich jetzt auch nicht mehr ändern. Ich redete mir ein, dass ich sicher nicht die erste Patientin war, die noch mal ihr „Geschäft" verrichten musste. Na, lassen wir das Thema ... Das nächste, woran ich mich erinnern kann, war der Aufwachraum. Eine unfreundliche Stimme aus dem Nichts verkündete mir, dass ich in einer halben Stunde zurück ins Zimmer gebracht werden würde. Und so geschah's. Ich war so erleichtert. Punkt eins: Ich war wieder aufgewacht. Punkt zwei: Mir ging es gut. Punkt drei: Carsten war da. Meine Bettnachbarin empfing mich fröhlich: „Oh, ich habe eine neue Zimmernachbarin." Ich erwiderte geschwächt und müde, dass wir uns ja morgens schon kurz gesehen hatten, und schlief wieder ein. Geweckt wurde ich nur, wenn ich alle paar Stunden Infusionen bekam. Diese sollten Entzündungen verhindern. Auf der Visite erklärten sie mir, dass alles gut verlaufen sei. Die Drainageschläuche zwickten und irgendetwas unter meiner linken Schulter fing an, zu schmerzen. Ach ja, sie hatten meinen Port ebenfalls operativ entfernt. Ich entschied mich dazu, mir beide Nähte erst am nächsten Tag anzusehen, wenn ich fitter war. Am nächsten Morgen wurde ich wach, weil die Sonne ins Zimmer knallte. Unnötig zu erwähnen, dass Strandwetter war. Ich war gefrustet, weil ich im Krankenhaus lag. An diesen Gedanken merkte ich, dass es mir gut ging. Richtig gut. Zum ersten Mal wagte ich es, unter mein Nachthemd zu gucken. Meine neue Brust sah toll aus. Kein bisschen unecht oder zu aufgepumpt wie bei diesen amerikanischen Tussis mit ihren „Silkon-Fußbällen". Ein Dank an „meinen Prof" und „Dr. Naish", tolle Arbeit. Wie das bei denen wohl ist, wenn sie abends nach Hause kommen? Was sagen sie, wenn ihre Frauen fragen: „Und Schatz, wie war dein Tag?" Antworten sie: „Gut. Ich habe heute sieben neue Brüste gemacht. Sechs sind ganz schön geworden, aber die eine hab' ich voll verrissen." Zu komisch, diese Vorstellung. Ja, solche Gedanken hat man, wenn man gelangweilt in seinem Krankenhausbett liegt. Man macht sich auch Gedanken um seine „Mitbewohner" und ihr Leben. Meine Bettnachbarin war seltsam. Sie lächelte mich am Morgen nach der OP an und begrüßte mich erneut mit den Worten: „Oh, ich habe eine neue Zimmernachbarin." Hä? Das hatten wir doch gestern schon erledigt, oder?! War das ein Test oder wollte sie mich verarschen? Glücklicherweise musste ich nicht antworten, denn die Tür ging auf. Frühstück. Wobei die Betonung in Kliniken auf dem Begriff „Früh" liegt. Ich glaube, es war kurz nach sieben. Ich machte mich frisch und ging zu unserem Tisch. Ich fragte meine Bettnachbarin, ob es sie störe, wenn ich die Jalousien herunterließe. „Ist recht so", antwortete sie lächelnd. Merkwürdig, sie fragte mich nicht einmal, wie meine OP war. Stattdessen mümmelte sie genüsslich ihr Brot und schaute dabei aus dem Fenster. Wir hatten von dort oben den direkten Blick auf die Kieler Innenförde. Traumhaft, einen schöneren Blick hat man wahrscheinlich aus keinem Hotel – zumindest nicht in Kiel. Jedes Kreuzfahrtschiff, jede Fähre und jeder Dampfer fuhr an uns vorbei. „Die Aussicht ist schön. Besser, als wenn man Gebäude gegenüber hat", sagte sie. Was für eine Unterhaltung. Ich fragte sie, ob sie denn zu Hause auf Gebäude schaue. Sie überlegte und antwortete traurig: „Ich weiß es nicht. Ich weiß nicht, wo ich wohne. Ich glaube in einem Heim." Sie tat mir leid. Offenkundig war sie nicht nur krebskrank. Nach dem Frühstück kam eine Schwester und wusch sie. Ich zog mich an und ging meine ersten Schritte auf dem Stationsflur. Ich war stolz auf mich. Carsten kam nach der Sendung vorbei. Er hatte schon vorher gesimst und zwei Dinge gefragt: was es zu Mittag gibt und wie es mir geht. Ja, genau in dieser Reihenfolge schrieb er es. Es war schließlich unser Running Gag. Witzig. Ich hatte in weiser Voraussicht den Eintopf angekreuzt. Ich teilte es ihm mit: „Die Antworten lauten: Eintopf und gut. Beeil dich, kalter Eintopf schmeckt nicht." Er kam selbstverständlich pünktlich. Meine Bettnachbarin löste Rätsel – und das schon seit morgens. Sie hatte sich nur zum Waschen, und als ihre Tochter sie besuchte, stören lassen. Meine Eltern kamen, es war Visite, es gab Abendbrot. Der zweite Tag war rum. Ich versuchte, meiner Bettnachbarin immer freundlich zu antworten. „Und seit wann liegen Sie hier?", fragte sie mal wieder. Mit einer Engelsgeduld erzählte ich ihr an diesem Tag das fünfte (!) Mal, wer ich war, woher ich kam und weshalb ich hier lag. Sie freute sich jedes Mal aufs Neue. Das war es wert. Wir hatten einen gemeinsamen Fernseher. Ich las ihr das Programm vor und suchte einen Film aus. „Ist recht so“, sagte sie. Noch bevor der Film anfing, fragte sie mich, was es eigentlich heute im Fernsehen gebe. Demenz ist schrecklich. Für alle Beteiligten. Ich wurde nicht müde, ihr alles immer wieder und wieder zu erzählen. Nachts wurde ich wach. Jemand weinte. Ich machte das Licht an und sah Frau „Ist recht so“ an ihrem Bett stehen. „Ich finde das Badezimmer nicht“, sagte sie tränenüberströmt. Ich rief eine Schwester. Dieses Szenario wiederholte sich jede Nacht. Die Nachtschwester war teilweise überfordert. Sie war alleine für die ganze Station zuständig. Frau „Ist recht so“ diverse Male nachts auf Toilette zu begleiten und wieder zurück ins Bett, kostete Zeit. In dieser Zeit klingelten auch andere Patienten und sie konnte sich nicht zehnteilen. Die Arme, sie war auch nicht zu beneiden.

Ja, das war echt süß, wie Miri sich tagsüber und auch nachts um ihre Bettnachbarin kümmerte. Mit mir schnackte Frau „Ist recht so“ auch ganz fröhlich, jeden Tag waren es dieselben Gespräche. Die Schiffe, das Wetter, das Essen. Nur an einem Nachmittag (Miri saß gerade auf einem Plastikball und machte Übungen mit einer Physiotherapeutin) schaute Frau „Ist recht so“ mich an und fragte: „Mal ehrlich, muss jemand wie ich, in meinem Alter, jetzt noch so was kriegen? Brustkrebs? Das tat doch nun wirklich nicht mehr Not. Hab’ ich ihm da oben auch schon gesagt.“ Und bei dem Satz blickte sie zum Himmel ...

Das Frühstück am nächsten Morgen nahmen Frau „Ist recht so“ und ich wieder gemeinsam ein. Obwohl sie mich jeden Morgen wieder fragte, wer ich sei, und sich wieder

und wieder enttäuscht beschwerte, dass ihre Tochter sie nicht besuche (ihre Tochter kam täglich), glaube ich, dass ich ihr schöne Tage beschert habe. Gerne wäre ich auch mit ihr über den Flur spaziert, aber ich war ja selbst frisch operiert und hätte sie bei einem Sturz nicht halten können. So saß sie jeden Tag in ihrem Morgenmantel am Tisch und verbrachte die Zeit zwischen der „Abfütterung“ mit ihren Zeitschriften und löste ein Kreuzworträtsel nach dem anderen. Ich hoffe, sie war in ihrer Welt glücklich – trotz amputierter Brust und starker Demenz. Ich war es. Ich war in meiner Welt glücklich. Unter anderem, weil ich vier Tage nach der OP nach Hause durfte. Mit stolz geschwellter neuer rechter und alter linker Brust verließ ich freudestrahlend das Krankenhaus. Es war vollbracht. Fertig, Schluss, aus, vorbei, alles erledigt. Ein unbeschreibliches Gefühl.
Ich verabschiedete mich von Frau „Ist recht so“ und schenkte ihr meine Blumen. Ich bin mir sicher, dass sie am nächsten Tag eine Schwester gefragt hat, woher die Blumen auf ihrem Tisch kommen. Ich habe Frau „Ist recht so“ nie wieder gesehen. Ich hoffe, dass es ihr dort, wo sie wohnt, den Umständen entsprechend gut geht.
Mir ging es jeden Tag besser. Die Narbe verheilte schnell. Das Implantat saß gut und mein Körper stieß es auch nicht ab. Ich war stolz auf meine neue Brust. Sie sah in Form und Größe fast so aus wie ihre linke Schwester. Ihr fehlte nur die Brustwarze. Na und?! Sie war ja auch was ganz Besonderes. Ich glaube, ein größeres Kompliment kann man Operateuren nicht machen. „Mein Prof“ und „Dr. Naish“ hatten ganze Arbeit geleistet. Unvorstellbar, dass ich so um die alte Brust gekämpft hatte. Hätte ich gewusst, dass ich eine neue,

schöne bekomme, hätte ich mir viele Tränen, Gedanken und viel Gejammer ersparen können. Ja, hätte ich gewusst ... Hätte ich gewusst, dass ich in meinem Leben einmal Krebs bekomme. Was hätte ich getan? Hätte, wäre, wenn ...

Nur, um Ihnen noch einmal zu verdeutlichen, wie schnell Miri ihre neue Brust akzeptiert hatte: Vor der Krankheit waren wir in den Wintermonaten gerne im Fitnessstudio gewesen. Jetzt, nach der Pause, musste Miri ganz langsam wieder mit kleinsten Übungen beginnen. In die gemischte Sauna mochte sie zunächst nicht. „Muss ja nicht gleich jeder Mann sehen, was mit mir passiert ist“, meinte sie. Diese Einstellung hielt aber nur zwei Wochen, dann war ihr die Mädchen-Sauna nicht mehr heiß genug. Also ab in die gemischte finnische Sauna. „Sollen doch alle gucken. Das ist jetzt mein neuer Busen. Ich finde ihn hübsch. Punkt.“

Fakt ist, dass ich „meinen Mädels“ und mir zu Beginn meiner Behandlung etwas versprochen hatte. Ich hatte versprochen, dass ich bei unserem gemeinsamen Mädelswochenende zum Surf World Cup wieder fit und somit dabei bin. Dieses Ziel hatte ich immer vor Augen. An Tagen, an denen es mir schlecht ging, flüsterte ich vor mich hin: „Surf World Cup, Surf World Cup, Surf World Cup ...“ Ich habe mein Versprechen gehalten und an diesem gemeinsamen Wochenende die ganze Angst, den ganzen Frust und den Druck des vergangenen halben Jahres einfach WEG-GEFEIERT. Tat gut!

... und an dieser Stelle klinke ich mich dann so langsam aus. Das, was jetzt noch kommt, ist nämlich ausschließlich Miris Part. Ich habe übrigens gerade letztens ein paar Fotos aus unserem Krankheitsjahr sortiert. Miri mit kurzem Haar, mit Perücke, mal blond und mal braun. Ich finde, auf allen Bildern kann man sehen, dass wir in diesem Jahr – trotz Krebs – glücklich waren. (Ein paar Bilder finden Sie übrigens auf unserer Homepage unter www.koethe-verlag.de)

Was unser größtes Glück war? Wir hatten unser Krebsjahr GEMEINSAM gemeistert. Wie oft hatten wir uns in unseren bis dahin zwölf unbeschwerten Ehejahren gesagt, wie glücklich wir doch seien, um dann aber immer einzuschränken, dass wir eine richtige Prüfung nie hatten durchstehen müssen. Jetzt hatten wir unsere „Prüfung" und ich finde, wir haben sie mit Bravur bestanden. Wobei – jetzt muss ich das „wir" mal weglassen. Also: Miri hat sie mit Bravur bestanden. Aber ich war auch nicht schlecht.

Irgendwie konnte ich die Worte „Ich HATTE Krebs" noch nicht in meinen Wortschatz aufnehmen. Es fällt mir auch heute noch schwer. Der Grund ist ganz einfach: Der Krebs ist täglich präsent. Ich bekomme weiterhin alle vier Wochen meine „Schwitze-Spritze", die mich weiterhin x-mal am Tag und in der Nacht saunamäßig ölen lässt. Ich sehe jeden Morgen beim Duschen meine Narben – die, die quer über die gesamte rechte Brust führt, und die Port-Narbe am linken Schlüsselbein. Ich sehe bei jedem Blick in den Spiegel meine kurzen, DUNKLEN Haare – ich erschrecke mich immer noch, war ich doch vorher und dank „Günther" auch während des Krebses blond. Ganz klar:
Nein, das war's nicht.
Der Krebs selbst ist zwar besiegt, aber er ist trotzdem noch ein Teil meines Lebens.
Das vergangene Jahr war turbulent und so ganz und gar anders. Nichts war planbar, weder vor noch während der Behandlung. Man steht anfangs echt hilflos da, weil man schlicht und ergreifend nicht weiß, „wie es geht". Wie „geht" Krebs? Was macht man? Was macht man wann? Wie macht man es? Was ist gut, was ist schlecht? Einige Dinge würde ich heute anders machen, andere habe ich intuitiv richtig gemacht. Ich habe versucht, mich an alles zu erinnern, was mir gut getan hat bzw. was ich richtig gemacht habe. All das habe ich in Tipps für vor, während und nach der Behandlung zusammengefasst. Ich möchte an dieser Stelle aber ausdrücklich betonen, dass es MEINE PERSÖNLICHEN Tipps sind, nicht die von Ärzten.

• Die Grundvoraussetzung: Think positive. Ganz einfach: Wer nicht daran glaubt, dass er gesund wird, kann auch nicht gesund werden, Punkt. Da gibt's für mich kein Wenn und Aber. Also sagen Sie sich jeden Tag:
ICH WERDE GESUND!

• Finden Sie einen realistischen Zeitpunkt, zu dem Sie wieder gesund werden möchten. So hat man immer ein Ziel vor Augen, für das es sich lohnt, wieder gesund zu sein. Hierfür bieten sich Geburtstage oder Reisen an. Wenn Sie dieses „Ziel" erreicht haben, haben Sie automatisch einen Abschluss Ihrer Krankheit.

• Stellen Sie sich niemals die Frage: „Warum ich?" Warum hat gerade Ihre Tochter das sechste Mal die Läuse aus dem Kindergarten mit nach Hause gebracht? Warum regnet und stürmt es heute, wo meine beste Freundin heiratet? Auch auf diese Fragen gibt's keine Antwort. Das Leben ist und bleibt undurchschaubar und ungerecht. Daran kann niemand etwas ändern. Die Frage „Warum ich?" ist nur eines: eine Qual. Sich sie zu stellen, ist wie sich selbst absichtlich körperlich zu verletzen. Fragen Sie sich stattdessen lieber: „Was kann ich tun, um gesund zu werden? Darauf gibt's viele Antworten. Eine heißt, sich die „Warum ich?"-Frage nicht zu stellen.

• Vertrauen Sie Ihrem behandelnden Arzt. Wenn Sie Zweifel haben, ob er der Richtige ist, suchen Sie sich zügig einen anderen. Sie bilden nämlich in der kommenden schweren Zeit ein Team. Sie müssen ihn mögen, ihm aber auch Respekt entgegenbringen. Sagen Sie sich: „Er weiß, was er tut. Er hat es studiert und praktiziert. Ich bin nicht die Erste, die diese Krankheit hat. Er wird auch mich gesund machen." Fragen Sie ihn, wenn Sie Fragen haben. Fragen Sie ihn alles, aber nur wenn es Ihnen hilft und Sie beruhigt.

• Klären oder testen Sie für sich, wie Sie mit Informationen zur Krankheit umgehen wollen. Sind Sie der **„Her-mit-den-Infos-Typ",** den es beruhigt, viel zu wissen, oder der **„Bloß-keine-Infos-Typ",** dem es eher Angst macht, viel zu wissen?

„Her-mit-den-Infos-Typ": Seien Sie vorsichtig mit dem Internet. Meiden Sie Gesprächsforen. Diese sind häufig Plattformen für Menschen mit Halbwissen, für Spinner und Wichtigtuer. Immer daran denken: Jeder Krebs ist anders. Die Behandlung wird auf den jeweiligen Krebs abgestimmt, das heißt logischerweise, dass auch jede Behandlung anders ist. Demnach nützt es nichts, sich nach dem Motto „Bei mir war es so und so" auszutauschen. Nützlich ist es dagegen, dass man sich gezielte Informationen von autorisierten Internetseiten holt.
Ich habe das Internet nur dazu genutzt, um Stichworte nachzuschlagen, die ich nicht verstanden habe, weil ich meine Ohren mal wieder auf Durchzug gestellt hatte (ich war der „Bloß-keine-Infos-Typ"). Hä, wie hieß das Ding noch, was ich implantiert bekommen soll? Was war jetzt der Unterschied zwischen BRCA1 und BRCA2?

„Bloß-keine-Infos-Typ": Er lässt alles einfach auf sich zukommen. Er hinterfragt weder, welche Chemikalien bei der Chemo durch seinen Körper fließen, noch, wie lange sie dauert, und schon gar nicht, was sie für Nebenwirkungen hat. Über Dinge, die man nicht weiß, kann man sich keine Sorgen machen. Man kann keinen Ekel empfinden und keine Angst haben. Der Typ bin ich. Ich konnte mich mit nahezu keinem anderen Krebspatienten fachlich unterhalten. „Und wie viel Lymphknoten hat man Ihnen entnommen?“ „Keine Ahnung.“ „Bekommen Sie noch Receptien?“ „Was bekomme ich? Noch nie gehört den Namen.“ All das zu wissen, ändert doch nichts an der Tatsache, dass man krank ist. All das zu wissen, macht einen auch nicht gesund. Es macht den „Bloß-keine-Infos-Typ“ nur ängstlich.

- Bei allen Infos, die Sie sich während der Krankheit egal wo holen, sollten Sie sich immer bewusst sein: Ich kann diese Infos zwar vergleichen, zusammensetzen und für MICH auswerten, aber ich bin nur ein Laie. Ich habe weder ein Studium noch eine Ausbildung auf diesem Gebiet. Deshalb rate ich jedem, angelesenes Wissen unbedingt mit seinem Arzt zu diskutieren und schlussendlich IHN, den Fachmann auf diesem Gebiet, entscheiden zu lassen. Um es einmal umzudrehen: Glauben Sie, dass Ihr Arzt Strähnchen färben oder eine tragbare Kurzhaarfrisur schneiden kann? Glauben Sie, dass er weiß, welches Färbemittel Ihrem Haar nicht schadet? Glauben Sie, dass er eine Kasse im Supermarkt bedienen oder die Unterschiede der Körner in Schwarz-, Misch- oder Graubrot sowie ihre Wirkung erklären kann? Nein, denn er hat all das nicht gelernt. Und auch er würde den jeweiligen Fachmann fragen, den Friseur oder die Bäckereiverkäuferin. Bedenken Sie immer: Sie sind kein Krebs-Fachmann und können es auch nicht anhand angelesener Artikel werden.

• Gehen Sie persönlich zu Ihrer Krankenkasse und stellen Sie sich dort vor. Man neigt aus Bequemlichkeit und Zeitmangel gerne dazu, so etwas telefonisch zu erledigen. Glauben Sie mir, wenn es irgendwie geht, gehen Sie hin und nehmen Sie die Wartezeit in Ihrer Krankenkassenfiliale auf sich. Es macht später vieles einfacher. Ich bin zügig nach der Diagnose gemeinsam mit meiner Mutter dort hingegangen. Wir gerieten an eine sehr nette Sachbearbeiterin, die mich das ganze Krankheitsjahr betreut hat, weil ich immer wieder persönlich in die Filiale gegangen bin und so lange gewartet habe, bis der Platz vor ihr frei war. Sie kannte meinen „Fall" aus dem Effeff und hat mir abgenommen, was sie mir abnehmen konnte. Sie hat mir Tipps gegeben, mich auf bestimmte Dinge hingewiesen und mitgedacht. Das ist eine enorme Hilfe. Wenn ein Sachbearbeiter Ihren Fall nicht nur vom Papier kennt, sondern damit auch ein Gesicht verbindet, ist es für beide Seiten angenehmer – und ich behaupte auch, dass beide Seiten sich mehr ins Zeug legen. Zudem ist es sinnvoll, jemanden aus der Familie zu haben, der mit dem „Papierkram" vertraut ist. Er kann dringende Dinge schnell erledigen, weiß, wo was ist und worum es geht – für den Fall, dass es Ihnen mal nicht so gut geht.

Ein letzter Satz zur Krankenkasse: Die Krankenkasse ist Ihr FREUND und nicht Ihr Feind. Ich habe häufig mitbekommen, wie Versicherte ihr Anliegen mit einer Abwehrhaltung vortrugen. Glauben Sie nicht, dass die Sachbearbeiter auch Menschen sind, die selbst von Krankheiten befallen werden? Und glauben Sie mir: Wenn ein krebskranker Patient vor ihnen sitzt, werden auch sie ihr bestes geben, damit er wieder gesund wird.

• Legen Sie sich einen „Krebsordner" an – und zwar einen guten alten Pappordner. Sie glauben nicht, wie viele wichtige Papiere Sie bekommen und stetig wieder vorzeigen müssen. Mein Ordner „Krebs 1" ist unterteilt in: Krankenkasse, Krankenhaus, Behindertenausweis, Perücke, Reha, Krankengeld, private Krebs-Post, Rentenversicherungen, Rezeptkopien und Quittungen, Krankenhaus, Blutwerte. Sagen Sie mir, was ich suchen soll, und ich schwöre Ihnen, dass ich es innerhalb von 60 Sekunden finde.

• Führen Sie einen Krebskalender. Wann ist die wievielte Chemo, wann muss ich welches Medikament einnehmen, wann sind mir die ersten Haare ausgefallen, wann war ich mit wem beim „Perückenmann"? Termine über Termine. Notieren Sie darin aber nicht nur alle Termine, sondern auch stichwortartig den Verlauf Ihrer Krankheit, die Untersuchungsergebnisse, Ihre Gefühle und Erlebnisse. So sind Sie jederzeit in der Lage, alles zu rekonstruieren und/oder zu verarbeiten. Ich habe mir damals einen DIN A4 großen, geringelten Motivkalender angeschafft. Er hatte fröhliche Micky-Mouse-Motive. Dieser Kalender war klasse. Vorne war Platz für Notizen und hinten für Adressen und Telefonnummern. Dazwischen war der Kalender. Telefonnummern haben Sie im Handy? Klar, ich auch, aber wer will schon sein Handy mit Klinik-, Arzt-, Taxi- und Perückenläden-Telefonnummern füllen?! Mit Nummern, die man hoffentlich irgendwann nicht mehr braucht. Meinen Mickey-Mouse-Krebskalender habe ich überallhin mitgenommen. Ich habe täglich darin geschrieben. Auch im Krankenhaus nach den Operationen. Und wissen Sie was – ich habe ihn mir für dieses Jahr wieder besorgt. Wieder mit Mickey Mouse, denn

Mickey Mouse hat mir offenkundig Glück gebracht. Auch heute ist dieser Kalender praktisch, denn ich habe weiterhin Nachuntersuchungen und Krankengymnastik und muss Medikamente einnehmen. Ich bekomme zum Beispiel weiterhin alle vier Wochen meine „Schwitze-Spritze". Und raten Sie mal, wer diesen monatlichen Termin auf der Platte haben muss? Richtig: ich. Termine sind nicht Aufgabe der Ärzte, sondern Ihre. Und gerade bei dieser Spritze wäre es verheerend, wenn ich einen Termin vergessen würde – davor hat man mich bei der Entlassung aus der Klinik ausdrücklich gewarnt. Mein Krebs „ernährt" sich nämlich von Hormonen und die Spritze unterbindet die Hormonproduktion in meinem Körper. Bis zum jeweiligen Spritzen-Termin ist Folgendes zu erledigen: Spritzen-Rezept ausstellen lassen, zur Apotheke gehen, die Spritze bestellen, sie abholen – und das alles rechtzeitig. Sehen Sie, und für so was brauche ich auch noch heute einen Krebskalender. Und Sie brauchen ihn auch, denn Papier ist geduldig.

• Der wichtigste Tipp:

POSITIV DENKEN!
JA, ICH WERDE GESUND!

• Lassen Sie sich nicht mit anderen vergleichen. Ihr Krebs ist so einzigartig wie Sie. „Meine Nachbarin hat genau dasselbe.“, „Ich habe damals auch Bestrahlungen bekommen, also wirst du sie auch bekommen!“, „Diese Woche wirst du deine Haare verlieren. Bei mir sind sie auch nach zwei Wochen ausgefallen.“... Bla, bla, bla! Jeder Krebs ist anders, jede Behandlung ist anders, jeder Körper ist anders, jeder Körperzustand ist anders, jeder Körper schlägt anders auf Medikamente an ... Soll ich weitermachen? Nein, ich glaube, Sie haben verstanden. Ich habe mir solche Sprüche nicht angehört. Entweder habe ich auf Durchzug gestellt oder gleich emotionslos gesagt, dass es mich nicht interessiert, da eh jeder Krebs anders ist. Wer mit mir darüber diskutieren wollte, den habe ich einfach stehen lassen. Ich finde die Begründung absolut einleuchtend.

• Stehen Sie jeden Morgen zur gleichen Uhrzeit auf und duschen Sie sofort. Ich habe mir jeden Morgen den Wecker auf 8 Uhr gestellt und bin schlaftrunken in Richtung Dusche getorkelt. Egal ob ich nachts fünfmal auf der Toilette war, bis sechs Uhr Fernsehen geschaut, einen Tag vorher Chemo gehabt hatte oder ich fror bzw. schwitzte – bloß aufstehen. Man kann sich tagsüber immer noch mal ein Stündchen hinlegen. Nach dem Duschen fühlt man sich gleich besser. Noch besser fühlt man sich, wenn man angezogen ist. Auch ein „normaler“ Tagesablauf hilft bei Krebs. Man fühlt sich so nicht so krank. Und: Sie wollen schließlich auch etwas erleben und Ihren Angehörigen etwas zu erzählen haben, wenn sie von der Arbeit kommen.

• Machen Sie sich jeden Tag aufs Neue so zurecht, dass sie sich hübsch finden. Ja, man kann sich auch ohne Haare, Wimpern und Augenbrauen mit aschfahler, zum Teil schuppiger Haut und aufgedunsen von den Medikamenten hübsch machen. Auch hier hieß mein Motto „Jetzt erst recht". Meine Perücke „Günther" war nur der Anfang meines täglichen Zeniths. Ich verbrachte direkt nach dem Behandlungsbeginn Stunden im Drogeriemarkt und suchte mir sorgfältig den passenden Augenbrauenstift aus und kaufte zwei verschiedene Make-ups. Eines für den Winter und eines für den Sommer. Wimpern tuschen, etwas Puder-Make-up und Rouge, das war's. Ich bin nicht der Typ, der sich täglich antuscht bis zum Abwinken, aber etwas dezente Schminke lässt einen schon gesünder und damit eben auch hübscher aussehen.

• Lassen Sie sich nicht alles verbieten. Probieren Sie einfach aus, was bzw. ob Ihnen das eine oder andere gut bekommt. Ich bin im Sommer, obwohl man es während einer Krebsbehandlung nicht machen sollte, in die Sonne gegangen. Wir haben jedes Jahr einen Strandkorb vor dem „Panorama 26" bei Billie und Bernie am schönen Strand von Strande bei Kiel. Ich habe dort gesessen so häufig ich konnte. Nicht nur mein gebräunter Teint, sondern alleine das Sitzen im Korb hat mir gut getan. Selbstverständlich habe ich mich nicht stundenlang der prallen Sonne ausgesetzt und selbstverständlich habe ich mich mit einem hohen Lichtschutzfaktor eingecremt. Meiner Meinung nach gibt es so etwas wie einen „Wohlfühlfaktor". Wenn man sich mit etwas wohl fühlt, tut es einem gut. So habe ich übrigens zum Entsetzen aller Menschen in der Klinik während meiner ganzen Krebszeit Nagellack getragen. Rot, schwarz, lila – na und? Ich liebe nun mal lackierte Fingernägel und finde mich damit hübsch. Es ist nichts passiert. Ich bin fest davon überzeugt, dass ich keine Nagelbettentzündungen hatte und mir keine Nägel abgefallen sind, weil ich mir sicher war, dass nichts passieren würde ... Womit wir wieder bei der „Mutter" aller Tipps wären: POSITIV DENKEN!

• Gehen Sie spazieren. So lange Sie können. So häufig Sie können. Ich bin gleich morgens, nachdem ich geduscht hatte, das erste Mal durch den Ort spaziert. Meine Runde ging anfangs nur zum Bäcker. Mehr als die 200 Meter hin und zurück schaffte ich kräftemäßig nicht. Meine Runde wurde schnell immer länger. Trainingssache. Welcher Jogger schafft sofort den Marathon? Man sagt eh, dass frische Luft und spazieren gehen das Beste sind, was man während der Chemobehandlung machen kann. Die Chemie verteilt sich so besser im Körper und es lindert die Nebenwirkungen.

• Weihen Sie in Ihrem örtlichen Umfeld möglichst alle ein. Auf meinem Weg zum Bäcker bin ich jeden Morgen an meiner kleinen Bankfiliale und meinem Blumenladen vorbeigegangen. Ich entschloss mich, sie einzuweihen, eh die Hälse der Mitarbeiter dort irgendwann lang und länger wurden und das Spekulieren losging. „Hallo, ich wollte nur kurz Bescheid sagen, warum ich jetzt jeden Morgen durch den Ort schleiche. Ich habe Brustkrebs und bin erst mal bis auf Weiteres außer Gefecht gesetzt, aber mir geht's so weit gut." So war alles geklärt, die Eingeweihten hatten ein Gesprächsthema und haben mir sogar die Arbeit abgenommen, weitere Aufklärungsgespräche mit anderen Ladenbesitzern zu führen. Besser geht's nicht, oder?!

• Suchen Sie sich eine Aufgabe. Wer nichts um die Ohren hat, hat viel zu viel Zeit für Gedanken und damit viel zu viel Zeit, sich hängen zu lassen und mit der Krankheit zu hadern. Ich habe angefangen, mit meinen Eltern gemeinsam (wir erinnern uns: Sie sind Frührentner. Sie behaupten, sie hätten jetzt sogar mehr um die Ohren als damals. Ich behaupte, sie haben massenhaft Zeit) unser Haus zu renovieren. Es war für mich die perfekte Aufgabe. Ich habe, je nachdem wie ich mich fühlte, kleine oder größere Dinge beitragen können. Heute haben wir es wirklich hübsch, mein Mann und ich, in unseren pink-, lila- und anthrazitfarbenen Räumen ... Ohne den Krebs hätten wir mit Sicherheit wegen einer Mischung aus Zeitmangel und Faulheit nicht renoviert. Danke, Krebs!

• Leben Sie Ihr neues Leben. Drücken Sie einfach Ihre Reset-Taste und starten Sie neu. Jetzt haben Sie die einmalige Gelegenheit dazu. Seien Sie freundlich zu Menschen, zu denen Sie bisher unfreundlich waren, unternehmen Sie Dinge, die Sie sonst nicht unternommen hätten. Egal was Sie ändern und wer das wie findet. Es wird eh jeder auf Ihre Krankheit schieben.

• Versuchen Sie sich, jeden Tag über und/oder auf etwas zu freuen. Die ersten zwitschernden Vögel, eine nette Karte, ein schöner Anruf, Sonnenschein, ein Mädelsabend oder einfach nur dass es Ihnen nach der Chemo wieder mal so gut geht. Ich habe es jeden Tag ganz bewusst gemacht – und siehe da, ich hatte auf einmal mehrmals am Tag richtige Glücksgefühle.

• Versuchen Sie, sich nicht zu sehr zu ärgern bzw. machen Sie sich bewusst, dass und worüber Sie sich ärgern. Nur so können Sie auch versuchen, es abzustellen. Ärger kostet Kraft. Sie haben aber kaum Kraft und deshalb müssen Sie diese sinnvoll einsetzen – also nicht, um sich zu ärgern. Ich sage offen und ehrlich: In der Krankheitszeit ist es mir sehr gut gelungen, mich nicht zu ärgern, weil ich mir immer gesagt habe: „Wie unwichtig ist das – wichtig ist im Moment nur, dass ich gesund werde." Heute ärgere ich mich wieder über vieles – und das ärgert mich jetzt schon wieder ... Also Schluss damit!

• Haben Sie in Wartezimmern Geduld. Ich glaube, es liegt in der Natur des Menschen, dass er nicht gerne wartet. Nicht an der Supermarktkasse, nicht gern am Telefon, nicht gern auf wichtige Post und auch nicht gern in Wartezimmern. Am wenigsten aber noch auf wichtige, teilweise lebenswichtige Ergebnisse. Wer krebskrank ist, hat unglaublich viele Termine und wird verhältnismäßig oft aus Dringlichkeitsgründen irgendwo zwischengeschoben. Wartezeiten von bis zu zwei Stunden sind nichts. Jetzt gibt's zwei Möglichkeiten: meckern oder geduldig warten. Ich neigte früher zum Meckern. Als ich gemerkt habe, dass es mich nicht weiterbrachte – im Gegenteil – und unglaublich viel Kraft kostete, die ich nicht hatte, habe ich mich fürs geduldige Warten entschieden. Neben meinem Krebskalender hatte ich immer ein nettes Taschenbuch dabei. Und siehe da: Die Zeit verging schnell und der positive Nebeneffekt war, dass ich abgelenkt war. Bedenken Sie immer, dass auch in

Arztpraxen und Kliniken Personal abgebaut wurde und wird. Das können wir leider nicht ändern. Wir können aber auch nicht das noch vorhandene Personal dafür verantwortlich machen. Dieses gibt mit Sicherheit sein Bestes.

- Führen Sie Ihren Krebskalender weiter, denn Sie werden weiterhin Termine wie Nachsorge oder Krankengymnastik haben. Halten Sie Ihre Termine peinlichst genau ein. Diese Termine müssen auf Ihrer Prioritätenliste immer an erster Stelle stehen oder wollen Sie sich irgendwann mal den Vorwurf machen, dass Sie aufgrund von Termin-Schlampereien einen Rückfall erlitten haben? Ich denke, nein.

- Versuchen Sie nicht, Ihr altes Leben zurückzubekommen. Die Ex-Krankheit ist jetzt ein Teil davon und Sie haben aufgrund dessen Ihre Lebensgewohnheiten geändert. Es haben sich Freundschaften aus der Krankheitszeit ergeben. Außerdem haben Sie weiterhin Untersuchungen und müssen in Zukunft eventuell sogar mit Bewegungseinschränkungen leben. Die ehemalige Erkrankung gehört jetzt zu Ihnen – mit allen Nachwehen. Versuchen Sie, das zu akzeptieren.

- Lesen Sie alles, was Sie an Krebs-Büchern finden können. Was es Ihnen bringt? Es zeigt Ihnen, dass Sie nicht der einzige Kranke waren und dass es anderen noch schlechter ging als Ihnen. Sie werden vielleicht auch die eine oder andere Parallele zu Ihrer Krankengeschichte finden. Und Sie werden noch stolzer auf sich sein, als sie es eh schon sind. Stolz sein, es geschafft zu haben.

- Wundern Sie sich nicht, wenn Sie in der Umkleidekabine des Fitnessstudios oder in der Sauna angestarrt werden. Ich kam und komme mir teilweise noch heute vor wie ein Ausstellungsstück in einem Kuriositätenmuseum oder wie ein Teilnehmer einer Freakshow. Ich denke, dass es hier egal ist, ob man brusterhaltend operiert oder amputiert wurde. Alles, was anders als die Norm aussieht, wird nun mal begafft. Das liegt wohl in der Natur des Menschen. Ich bin zwar amputiert, habe aber dank meines Wiederaufbaus eine wunderschöne neue Brust bekommen – aber eben ohne Brustwarze. Klar sieht das komisch aus ohne Warze. Anders eben. So what? Ich bin zufrieden mit meiner neuen Brust. Leute, die mich zum Beispiel in der Umkleide im Fitnessstudio das erste Mal oben herum nackt sehen, reagieren wie folgt: erschrockener Blick, heimliches Glotzen und, um nicht ertappt zu werden, schnell wieder weggucken. Wenn man dann eine Frage wie „Haben Sie Platz oder soll ich noch ein Stück rücken?" stellt, wird einem kurz und stotternd ohne Blickkontakt mit „Danke, geht schon." geantwortet. So ist es immer. Ich würde mich freuen, wenn jemand den Mut hätte, mich auf meine offensichtliche Behinderung anzusprechen oder mich einfach normal anzusehen. Wahrscheinlich wäre ich vor meiner Krankheit genauso gewesen wie sie. Vielleicht war ich es sogar. Die Menschen sind einfach unsicher und wollen auf gar keinen Fall einen Fehler machen. Sie wollen nicht unsensibel sein. Ihnen fehlen schlicht und ergreifend die Worte. Man muss das verstehen. Das tue ich auch meistens. Manchmal bin ich aber auch traurig.

• Machen Sie eine Reha. „Da werde ich ja noch kranker bei den ganzen Kranken um mich herum", sagen viele. So ein Quatsch. Zuerst einmal: Eine Reha ist wirklich sinnvoll. Sie haben einen echten „Ritt" hinter sich: schwächende Chemos, Operationen, Terminstress, Nervenstress. Ich bin ohne Erwartungen in die Reha gefahren und bin fröhlich, körperlich fit und mental entspannt zurückgekehrt. „Gleich und Gleich gesellt sich gern“, besagt ein Sprichwort. Genauso habe ich es in der Reha empfunden. Ich habe nur mit Menschen zu tun gehabt, die wie ich gedacht und gehandelt haben. Ich empfand die Reha als schönen Urlaub, in dem ich Kraft getankt und nette neue Leute kennen gelernt habe. Man muss auch mal offen sein für Neues – gerade wenn man wie ich eigentlich niemals freiwillig eine Gruppenreise buchen würde. Und ganz ehrlich: Ich habe in meinem Leben noch nie so viel erlebt und so viel Spaß mit Fremden gehabt, wie in diesen Reha-Wochen, aber das ist eine andere Geschichte.

DANKE, DANKE und noch mal DANKE ...sagt Miriam Köthe

Ich wollte immer ein Buch schreiben. Dafür war der Krebs gut. Danke Krebs?!
Ich hatte durch ihn ein Thema, die innere Ruhe und eine Menge Zeit. Ich sage es noch einmal: Ich hatte trotz meiner Krankheit ein schönes Jahr 2008. Dass ich es so empfand, verdanke ich natürlich auch allen, die mich in dieser Zeit gepflegt, besucht, bespaßt, bekocht, mir zugehört, mit mir diskutiert und mir stets Mut gemacht haben.

Zuallererst danke ich natürlich Carsten.
Du warst ein spitzenmäßiger Pfleger. Ohne dich hätte ich es nicht geschafft. Tausende Worte würden nicht ausreichen, dir zu danken, Carsten!

Ebenso danke ich meinen Eltern.
Ihr wart und seid 24 Stunden am Tag für mich da. Ihr habt mir vieles, nein, nahezu alles abgenommen, so dass ich mich voll und ganz darauf konzentrieren konnte, gesund zu werden. Ihr seid die besten Eltern der Welt!

Mein ausdrücklicher Dank geht an die Uni-Frauenklinik in Kiel, „meinen Prof" und sein gesamtes Team. Hier möchte ich mich insbesondere bei „Dr. Blondi" und „Dr. Naish" bedanken, die mich während des ganzen Jahres sensationell betreut haben. Danke an „meine" Station eins, die Station mit den nettesten, verständnisvollsten und tüchtigsten Schwestern und Schwesternschülerinnen der Welt, und danke an das Sekretariat, das zuverlässiger, organisierter und besser sor-

tiert ist als ich. Wow, das soll echt was heißen. Es ist schwer, mich, „Mrs. Ablage“, zu toppen.
Apropos Papiere: Danke an Frau Sch. vom Tumorzentrum, die mit mir gemeinsam den einen oder anderen Antrag ausgefüllt und sich rührend um die Beantragung meiner drei Rehas gekümmert hat – mit allen Problemen und Fragen (und das waren einige), die sich ergeben haben. Der Job, den sie und ihre Kollegen machen, ist extrem wichtig. Er ist die Schnittstelle zwischen Arzt/Klinik und Krankenkasse. Sie helfen einem beim Zusammentragen wichtiger Informationen, beim Beantragen vom Behindertenausweis bis hin zur Reha. Nähere Infos finden Sie unter www.uni-kiel.de/tzk.
Einen lieben Dank sende ich auch an die „Grünen Damen“ des Uniklinikums Kiel. Die „Grünen Damen“ arbeiten ehrenamtlich. Sie gehen von Krankenzimmer zu Krankenzimmer und bieten ihre Hilfe an. Briefe zur Post bringen, Geschichten vorlesen, eine Tafel Schokolade besorgen, was auch immer. Sie machen einen tollen und vor allem notwendigen Job.

Dr. A. ist mein Gynäkologe. Er war und ist sozusagen mein „Krebsbetreuer“. Er hat gesagt, was wann zu tun ist, hat Termine gemacht, Kontakte hergestellt und hatte und hat immer ein offenes Ohr für mich, auch nach Dienstschluss – Für all das danke ich Ihnen, Dr. A., denn dieser „Rundumservice“ ist alles andere als selbstverständlich.

Ich danke Richard Netzel, Geschäftsführer der Firma Frank Druck in Preetz (www.frankdruck.de).
Ohne dich hätte ich dieses Buch niemals realisieren können. Vor circa zehn Jahren habe ich dir erzählt, dass ich irgend-

wann mal ein Buch schreiben möchte. Du hast mir sofort versprochen, es dann zu drucken. Du hast dein Versprechen nicht nur gehalten, sondern dich mit dem Projekt voll und ganz identifiziert und mir mit Rat und Tat zur Seite gestanden. Dafür tausend Dank.

Ebenso danke ich Paul Struck von der Agentur ROCKmedia (www.rockmedia.de). Es gab nichts, was ich dich nicht fragen konnte, und es gab nichts, was du nicht wusstest bzw. in Erfahrung bringen konntest. Als ich den Wald vor lauter Bäumen nicht sah und das Projekt hinschmeißen wollte, hast du mir stets Mut gemacht. „Entspann dich, Miri. Wir machen das schon“, waren deine Worte. Auch du hast Wort gehalten. Danke für deinen unermüdlichen Einsatz an allen Fronten. Ich hoffe, mich irgendwann irgendwie revanchieren zu können.

Danke auch an meine Lektorin Kerstin Klostermann, Axel Faber von der Firma MediaTailor (www.mediatailor.net) für die Gestaltung des Buches, Moritz Jesußek für die tolle Internetseite www.koethe-verlag.de sowie an Frauke Antholz (www.fraukeantholz.de) für die tollen Fotos.

Last but not least danke ich unseren vielen tollen Freunden, wie unter anderem „meinen Mädels“ und „Carstens Männern“.
Sie alle waren mit mir gemeinsam krank – in ihren Gedanken. Und sie alle wurden mit mir gemeinsam gesund – in der Realität.

Wie Sie vielleicht anhand Gelesenem mitbekommen haben, habe ich versucht, immer alles möglichst positiv zu sehen. Trotzdem weiß man nie, wie so eine doofe Krankheit ausgeht. Ganz am Anfang meiner Behandlung habe ich mich eines Tages mal gefragt: „Was, wenn du es trotzdem nicht schaffst? Hattest du bis jetzt ein schönes Leben?“ Antwort: „Ja.“ „Hast du alles erlebt, was du erleben wolltest?“ Antwort: „Nein.“ Deswegen habe ich angefangen, eine (stets erweiterbare und noch heute existente)To-do-Liste zu erstellen – mit Dingen, die ich bis jetzt immer auf die lange Bank geschoben habe.

Und hier ist sie, meine To-do-Liste 2009:

- zum Wacken Open Air: einmal mit Gummistiefeln, abgewetzten Jeans und ollem T-Shirt die Hardrockfestival-Atmosphäre schnuppern. Das ist meiner Meinung nach ein Muss als Schleswig-Holsteinerin. Ich wollte dort schon immer hin, hatte aber niemanden, der mich begleiten wollte. Alle, die ich fragte, haben mir einen Vogel gezeigt: zu laut, nicht ihre Musik. Eine bestimmte Freundin fragte ich witzigerweise nie – und die wäre es gewesen. Jetzt haben wir sozusagen zueinandergefunden – und haben schon unsere Tickets fürs WOA 2009. Das WOA ist das größte Hardrockfestival der Welt und findet jedes Jahr in der Gemeinde Wacken an der Westküste statt. Der ganze Ort hilft bei den Vorbereitungen. So gibt es in Wacken nur einen Supermarkt – für circa 80.000 Festivalbesucher, die sich Metalheads nennen. Die Topseller bzw. die „Artikel der Woche“ sind in den WOA-Tagen Toastbrot, Klopapier und natürlich Bier!

• Ein zweites Mal nach Las Vegas reisen und es richtig krachen lassen. Ist bereits in grober Planung – mit unserer Sylter-Clique ... Juchhu!

• Magnolienbaum im Garten pflanzen. Steht weiterhin auf meiner To-Do-Liste, da ich meinen Mann davon noch überzeugen muss. Er findet, dass diese Bäume so viel Dreck machen. Ich finde sie einfach nur wunderschön. Scheiß auf Dreck, oder?!

• Schlittschuhlaufen im Central Park in New York. Wir waren dreimal in New York – und ich Depp habe es nicht gemacht. Beim letzten Besuch war ich fest entschlossen, zu laufen, aber das Eis wurde gerade mit einer Maschine erneuert. Statt zu warten, ging ich weiter. Ich denke, dass es ein Zeichen ist, dass ich noch einmal wiederkommen soll – nach New York, in den Central Park, auf die Eisfläche ... Es steht also weiter auf meiner Liste. Noch.

Und dann steht auf meiner Liste noch folgender Punkt:
• **Ein Buch schreiben.**
Und dahinter ist jetzt ein dicker, fetter, roter Haken. Erledigt!